学生国学丛书新编
———————————
主编 王 宁
顾问 顾德希

杜甫诗

———————————
傅东华 选注
董婧宸 校订
———————————

2019年·北京

学生国学丛书新编

主　　编：王　宁
顾　　问：顾德希
特约编辑：陈年年
审 稿 组：党怀兴　董婧宸　凌丽君
　　　　　赵学清　周淑萍　周玉秀

总序之一

——在阅读中走近中华优秀传统文化

王 宁

王云五、朱经农主编的《学生国学丛书》，是一套为中学生和社会普及层面阅读古代典籍所做的文言文选本。它隶属在王云五做总主编的《万有文库》之下，1926年开始陆续由商务印书馆出版。20世纪20年代开始策划时，计划出60种，后来逐渐增补，到1948年据说已经出版了90种；因为没有总目，我们现在搜集到的仅有71种。由于今天弘扬中华优秀传统文化和提高文言文阅读能力的社会需要，我们决定对这套丛书进行适应于现代的加工编辑，将它介绍给今天的读者。

在推介这套丛书的时候，我们保存了原编的主要面貌：选书与选篇基本不变，将原书绪言保留下来，每篇选文原注所选的注点，也作为这次新编的重要参考。这样做是为了尽量借鉴前贤的一些构思和做法,并保留当时文言文阅读水平的基本面貌,作为今天的参考。

《学生国学丛书》是本着商务印书馆"昌明教育,开启民智"的一贯宗旨编选的,阅读群体应当主要是当时的中学生。20年代的中学生阅读文言文的水平显然比今天高一些,因为那时阅读文言文的社会环境与现在不同,虽然白话文已经通行,但书信、公文、教科书和报刊中,都还保留了不少文言文。国文课的师资,很多也是在国学上有一些根柢的文士。在知识界和语文教育界,文言文阅读还不是什么难事。今天,文言文阅读水平既关系到继承和弘扬中华优秀传统文化的效能,又关系到现代社会总体人文素质的提高,应当达到什么程度最为合适?民国时期是可以作为一个基准线的。

《学生国学丛书》体现了20世纪之初一些爱国的出版家和教育家把中华优秀传统文化传承给下一代的情怀、理想和实干精神。他们策划这套丛书的宗旨和编则,可资借鉴的地方很多,他们的实践经验、教育精神和国学学养值得我们学习的地方也很多。这一点,是我们了解了丛书的主编和40多位编选者的情况后感受到的。

丛书的主编王云五、朱经农,都是我国20世纪初爱国、革新的出版家。王云五主编《万有文库》,开创了我国图书出版平民化的新纪元,体现了新文化运动中普及文化教育的先进思想。《学生国学丛书》是《万有文库》里专门为中学生编选的，目的是将弘扬民族文化精华的理念带入初等教育，这在当时不能不说是有远见的。两位主编不论在反对封建帝制的革命中，还是在民族危难的救国图强斗争中，都有可圈可点的事迹，值得钦佩。与两位主编合作的40多位编写者，多是辛亥革命的参与者和新文化运动的前沿人物。他们熟悉古代文典，对中国文化理解通透，领悟深刻，又有强烈的反封建意识；其中很多都在中小学教育领域里有过丰富的实践经验，教过国文，编过教材，研究过教法。这里有我们十分熟悉的教育家和文学家，如我国现代教育特别是语文教育的领军人物叶绍钧（他后来的名字是叶圣陶），新文化运动的先驱者、中国革命文艺的奠基人之一、著名作家茅盾（他当时的名字是沈德鸿，后来为大家熟悉的姓名是沈雁冰）。这两位，多篇作品都被收入中学语文课本，20世纪50年代以后的老师、同学是无人不知的。其他如著作丰厚、名震一时的藏书家胡怀琛，国学根柢深厚、考据功底极深、《中国人名大辞典》《中国古今地名大辞典》的主要编写人臧励龢，我国语文教育的改革家庄适等。

20世纪初的中国社会，多种文化思潮纷纭杂沓：改良主义者提出"师夷制夷""严祛新旧之名，浑融中外之迹"的折中主张；历史虚无主义者在"全盘西化"的徽帜下将西方的一切甚至文化垃圾照单全收；殖民主义文化论者叫嚣中国道德一律低级粗浅，鼓吹欧洲人生活方式总体文明高超；另一方面，封建复辟野心家的代言人则一味复古，用古代的文化糟粕来抵抗新文化的建构。这些，都对比出爱国的出版家、学问家、教育家既要固本又要创新的理想和实践精神的可贵；也让我们认识了新文化运动及革命文学的前沿人物坚守教育阵地的不懈努力，懂得了他们的编纂意图和深厚学养。保留丛书主要面貌，就是对他们成果的尊重和信任。

随着中华优秀传统文化的广泛传播，随着中小学语文教学改革的深入发展，在读书成为教师、家长和渴求文化的大众普遍要求之时，文言文阅读将会是其中一个重要的内容。有人说，文言只是一种古代的书面语，口语交际和现代文本已经不再使用，我们为什么还要学习文言文呢？在推介这套丛书的时候，我们有必要来回答这个问题。

文言是古代知识分子和正统教育使用的书面语言，具有超越时代、超越方言的特性，因而也同时具有了记载数千年中华民族灿烂文化的主要功能，它是与中华民族文明史共存的。许慎《说文解字叙》说汉字的作用是"前人所以垂后，后人所以识古"，这两句话即是对汉字记录的文言说的。我国历史悠久，文化遗产丰富，用文言记录的历史文献，用文言撰写的文学作品，多到不可计数，只有学习它，才能从古知今，以史为鉴。文言所记录的，不仅是古代社会的典章制度和政治经济，还有先贤哲人的人生经验和思想哲理，让我们看到中华民族一代又一代人的智慧。想想看，如果我们及早领会了古人"斧斤以时入山林"的采伐规则，便不会过度开发建材，造成那么多秃山荒岭，把气候搞得这样糟糕。我们读过也理解了"今之孝者是谓能养。至于犬马，皆能有养。不敬，何以别乎"这段话，就会在对待长者时，把他们的尊严看得和他们的生计同等甚至更加重要！"防民之口甚于防川""水能载舟亦能覆舟"，这是对阻塞言路者多么深刻的警醒。在道德重建的今天，中国传统道德中"己所不欲勿施于人"的利他主义，"爱民""富民""民为重"的民本思想，"以不贪为宝"的清廉品德，"志士不忘在沟壑，勇士不忘丧其元"的大义凛然态度，"吾日三省吾身"的自律精神，"君子怀刑"的守法意识，……这些，即使在今天的一般阅读中，也已经深入人心。可以想见，进入深度阅读后，我们一定会受到更多的启迪，在阅读中产生更多的惊喜。著名的国学大师、革命家和思想家章太炎，1905年7月15日在东京留学生欢迎会上演讲时说："近来有一种欧化主义的人，总说中国人比西洋人所差甚远，所以自甘暴弃，说中国必定灭亡，黄种必定剿灭。因为他不晓得中国的长处，见得别无可爱，就把爱国爱种的心日衰薄一日。若他晓得，我想就是全无心肝的人，那爱国爱种的心，必定风发泉涌，不可遏抑的。"阅读文言文，就是要使我们具有这种文化自信。是的，遗产是有精华也有糟粕的，古代的未必都适合今天；我们只有真正读懂文典，将历史面貌还原，再有了正确的价值观，才能辨析断识，而不是道听途说，更不会受人蛊惑。在这个意义上，文言文阅读作为吸收中华优秀传统文化的必要途径，绝不是可有可无的。

文言文阅读是产生汉语正确语感的一个重要源泉。汉语不是一潭死水，从古到今，不知吸收了多少其他民族的词汇和句法，也曾经夹杂着很多不雅甚至不洁的成分；但是，文言经过数千年的洗涤、锤炼，已经渐渐将切合者融入，不切合者抛弃。经过大浪淘沙、优胜劣汰而能流传至今的美文巨制，会更加显现汉语的特点。而现代汉语刚刚一个世纪，在根柢不深、修养不佳的人们的口语里、文辞中，常常会受外语特别是英语的影响，受不健康的市井俚语的侵染，产出一种杂糅的语言。我们想在运用现代汉语时真正体现出汉语的特点，比如词汇丰富、句短意深、注重韵律、构造灵活等，提高用健康、优美的汉语表达正确、深刻的思想的能力，文言会带给我们一些天然的汉语语感。热爱自己的本国语言，不断提高运用汉字汉语的能力，这是每一个人文化素养中最重要的表现；克服语言西化、杂糅的最好办法，是在学习规范、优美的现代汉语的同时，对文言也有深入的感受和体验。

文言文阅读还是从根本上理解现代汉语的重要条件。人们都认为现代汉语与文言差别很大，初读时甚至感到疏离隔膜、难以逾越。其实，汉语是一种词根语，词汇和语义的传衍非常直接，文言中百分之七十的词汇、词义，在现代汉语的构词法里都能找到。在书面语里，文言单音词的构词能量有时会比口语词更强。经过辗转引用积淀了深厚文化底蕴的典故、成语，成为使用汉语可以撷取的丰富宝库。如果我们对文言一无所知，是很难深入理解现代汉语的。有些人认为，在语文教学中现代文阅读和文言文阅读是两条线，其实，在词汇积累层面上，应该把它们并成一条线。学习文言与学习现代汉语，在积累词汇、理解意义、体验文化、形成语感方面是相辅相成的。

在推介《学生国学丛书》的时候，我们也有另外一重考虑。这套丛书毕竟经过了将近一个世纪，时代和社会都发生了根本的变化，我们有了更加明确的核心价值观和适应于现代的审美意识，语言、文字、文学、文献、教育都有了更新的研究成果，对丛书进行适度的改编，也是绝对必要的。所以，这次新编，我们主要做了五项

总序之一

工作：第一，为了今天在校学生和普通读者阅读的方便，改竖排为横排，标点符号也随之改为现代横排的规范样式。第二，变繁体字为简化字，在繁简转换的过程中，对在文言文语境中有可能产生意义混淆的用字，做了合理的处理。第三，采用今天所见较好的古籍版本对原书的选文进行了审校，订正了文句的错、讹、脱、衍。第四，对原书的注释进行了修改、加工、调整，使注释更加准确、易懂，对地名和名物词的解释，也补充了最新的资料。第五，撰写了新编导言，放在原书绪言的前面。原编者和新编者对同一部书和同一篇文的看法，或所见略同，或相辅相成，或角度各异，或存在分歧，都能促进阅读者的思考和讨论，引发延展性学习，带动更多篇目和整本书的阅读。

《学生国学丛书》本来是一套开放的丛书，我们还会根据教学和读者的需要，补充一些当时没有被选入的优秀古代典籍的选本，使新编的丛书不断丰富。

我国每年有将近两亿的青少年步入基础教育，一个孩子有不止一位家长，这是一个多么庞大的读书群体。将一个世纪以前的《学生国学丛书》通过新编激活，让它走进一个新的时代，更好地发挥它在语文教育和弘扬我国优秀传统文化中的作用，这是我们之所愿，也希望能使编写这套书的前辈们夙愿得偿。

总序之二
——植入健康的文化基因

顾德希

优秀的传统文化是中国人的精神家园。学生多读些国学典籍,将有助于把优秀传统文化的基因植入肌体。王宁老师的"总序",对本丛书的这一编辑意图已有深入全面的阐释,我打算就如何阅读这套丛书,或者说如何阅读文言文,做些补充性说明。

这套丛书的每一本,都专门写了新编导言。这是今日读者和原书连接的桥梁。人们常把桥梁喻为过河的"方法",所以也可以说,新编导言之所谓"导",就是力图为各类学生和更多读者提供一些阅读的方法。

这套丛书有好几十本,都是极有价值又有相当难度的国学经典,如不讲究阅读方法,编辑意图的实现会大打折扣。但这些经典差异性很大,《楚辞》和《庄子》的阅读肯定很不同,《国语》和《周姜词》的阅读方法差别就更大,即使同是词,读《苏辛词》与《周姜词》也不宜用完全相同的方法。因此本丛书新编导言所提供的阅读方法,针对性很强,因书而异。但异中有同,某些共性的方法甚至更为重要。不过,这些共性的方法渗透在每一篇导言中,未必能引起足够重视。下面,我想谈谈文言文阅读的四个具有共性的方法。

一、了解作者和相关背景,了解每本书的概貌,对每本书的阅读都很重要,这毋庸置疑。但一般读者了解这类相关知识,目的仅在于走近这本书。因而涉及作者、背景、概貌等,导言中一般不罗列专业性强的知识,而诉诸比较精要的常识性叙述。比如对《吕氏春秋》作者吕不韦,并没有全面介绍,也没有像过去那样从伦理道德上对这个历史人物加以贬抑,而只侧重叙述了他作为政治家的特点,因为明乎此便很有助于了解《吕氏春秋》。又如《世说新语》的成书背景有其特殊性,也需要了解,但限于篇幅,叙述的浓缩度很大。凡此种种必要的常识,新编导言里一般是点到为止,只要细心些,便不难从中获得多少不等的启发。兴趣浓厚者,查找相关知识也很容易。

二、借助注解疏通文本大意之后,就要反复诵读。某些陌生的词句,更要反复诵读。一句话即使反复诵读二十遍也用不了两三分钟,但这两三分钟却非常重要。

"诵读"是出声音的读,但并不是朗诵。大家所熟悉的现代文朗诵,不完全适用于文言诗文。朗诵往往是读给别人听,诵读却是读给自己听。古人所谓"吟咏",是适合于当时人自己感悟的一种诵读。今天的诵读,用普通话即可,节奏、抑扬、强弱、缓急,都无客观规定性,可随自己的感受适当处理。如果阅读文言文而忽略了诵读,效果至少打一个对折。不念出声音的默读,是只借助视觉器官去感知;出声音的诵读,是把视觉、听觉都动员起来的感知,其所"感"之强弱不言而喻。而且一旦读出声音,就让声带、口腔等诸多器官的运动参与进来了,凡诉诸运动器官的记忆,最容易长久。会骑车的人,多年不骑,一登上车还是会骑。因为骑车的感觉是一种运动记忆。文言语感的牢固形成与此类似。古人所谓"心到、眼到、口到"之说,实在是高效形成文言语感的极好方法。不管是成篇诵读,片段诵读,还是陌生词句的反复诵读,都是提升文言文阅读能力的好办法。本丛书的每一篇新编导言并未反复强调"诵读",但各种阅读建议无不与某些片段的反复读相关。既读,就要"诵",这是文言文阅读的根本方法。

三、应用。这是与文言翻译相对而言的。把文言文阅读的重点放在"翻译"上,副作用很多。一是不可避免信息的丢失。概念意义、情味意蕴，都会丢失。课堂教学中让学生把一篇文言文从头到尾"对号入座"地搞翻译，是文言教学中的无奈之举。一句一句，斤斤计较于文言句法词法和现代汉语的异同，结果学生的诵读时间没有了，刻意去记的往往是别别扭扭的"译文"，而精彩的原文反倒印象模糊，这不是买椟还珠吗！所以，在疏通大意、反复诵读的同时，一定要重视"应用"。应用，就是把某些文言词句直接"拿来"，用在自己的话语当中。比如，在复述大意时，在谈阅读感受理解时，不妨直接援引几句原话。如果能把原文中的某些语句就像说自己的话一样，自然而然地穿插到自己的述说中，那就是极好的应用。本丛书新编导言中援引原作并有所点评、有所串释、有所生发之处很多，但绝不搞对号入座的翻译，这不妨看作文言文阅读方法的一种示范。新编导言中有很多建议，要求结合作品谈个什么问题，探究个什么问题，都不同程度地含有这种"应用"的要求。

四、坚持自学。这套丛书，为学生自学文言文敞开了大门。学生文言文阅读的状况永远会参差不齐。同一个班的高中生，有的已把《资治通鉴》读过一遍，有的能写出相当顺畅的文言文，但也有的却把"过秦论"读成"过奏论"，这是常态。只靠面对几十个人的文言课堂讲授，几乎不可能使之迅速均衡起来。只有积极倡导自主性学习，才可能有效提高教学质量。本丛书的新编导言，高度重视对文言自学的引导。每篇新编导言都就怎样去读提出许多建议。这些建议有难有易，不是要求每一个人全都照着去做。能飞的飞，能跑的跑，快走不了的慢走也很好。新编导言在"导"的问题上，从不同层次上提出不同建议，相信各类学生都能找到适合自己的要求。只要选择适合自己或者自己感兴趣的要求，坚持不懈去"读"，去"用"，文言文的自学一定会出现令人惊喜的成果。从这个意义上说，本丛书的每一本，都是适合于各类读者自学国学经典的好读本。每一本中经过精心处理的注解，是自学的好帮手；而每一篇新编导言，又都可对自学起到切实的引导作用。只要方法对，策略恰当，那么这套丛书肯定能帮助我们有效提高文言文阅读水平。

目前，在深化高中语文课改的大背景下，很多学校高度重视突破过去那种一篇篇细讲课文的单一教学模式，开始重视"任务群"的学习，重视整本书的阅读，重视选修课的开设，重视校本课程的建设。在这样的大背景下，如果学校打算从本丛书中选用几本当作加强国学教育的校本教材，那么"新编导言"对使用这本书的教师来说，也可起到某种"桥梁"作用。

不管用一本什么书来组织学生学习，都必须对学生怎样读这本书有恰当引导。这是提高教学质量的一定不移之理。恰当的引导,要有助于各类学生更好地进入这本书的阅读,要有助于各类学生更好地开展自主性学习,要使之在文本阅读中进行有益的探究,并获得成功的喜悦。为了使新编导言的"导"能起到这样的作用,本丛书专门组织了多位一线优秀教师先期进入阅读,并把成功教学经验融入新编导言。因此,我们有理由相信,新编导言可以成为组织学生学习活动的有益借鉴。导言中结合具体作品对阅读所做的那些启发、引导,针对不同水平读者分层提出的那些建议,都将有助于教师结合自己学生的实际情况进一步拟出付诸实施的具体导学方案。

我相信,只要阅读文言文的方法恰当,只要各类读者从实际情况出发,循序渐进地学,优秀传统文化的基因就一定能更好地植入肌体。

目 录

新编导言 ··· 1
原书绪言 ··· 9

游龙门奉先寺 ································· 35
望岳 ··· 35
赠李白 ··· 36
陪李北海宴历下亭 ···························· 36
赠李白 ··· 37
高都护骢马行 ································· 38
饮中八仙歌 ···································· 39
今夕行 ··· 40
奉赠韦左丞丈二十二韵 ····················· 41
送孔巢父谢病归游江东兼呈李白 ········ 42
兵车行 ··· 43
病后过王倚饮赠歌 ···························· 44

示从孙济	46
乐游园歌	47
曲江三章章五句	48
白丝行	49
贫交行	49
前出塞九首	50
叹庭前甘菊花	52
醉时歌	52
醉歌行	53
丽人行	54
陪李金吾花下饮	56
陪郑广文游何将军山林十首	57
重过何氏五首	60
陪诸贵公子丈八沟携妓纳凉晚际遇雨二首	61
送高三十五书记十五韵	62
城西陂泛舟	63
渼陂行	63
九日寄岑参	65
秋雨叹三首	65
戏简郑广文虔兼呈苏司业源明	66

夏日李公见访 ················· 67

去矣行 ····················· 67

官定后戏赠 ··················· 68

自京赴奉先县咏怀五百字 ············· 68

奉先刘少府新画山水障歌 ············· 71

悲陈陶 ····················· 73

悲青坂 ····················· 73

对雪 ······················ 74

月夜 ······················ 74

苏端薛复筵简薛华醉歌 ············· 74

春望 ······················ 75

一百五日夜对月 ················ 76

哀江头 ····················· 76

哀王孙 ····················· 77

雨过苏端 ···················· 79

喜达行在所三首 ················ 80

述怀一首 ···················· 81

独酌成诗 ···················· 82

羌村三首 ···················· 82

北征 ······················ 83

彭衙行	86
曲江陪郑八丈南史饮	87
曲江二首	88
奉陪郑驸马韦曲二首	88
题李尊师松树障子歌	89
逼仄行赠毕曜	89
瘦马行	90
义鹘行	91
早秋苦热堆案相仍	92
洗兵马	93
赠卫八处士	95
阌乡姜七少府设脍戏赠长歌	96
新安吏	97
潼关吏	98
石壕吏	99
新婚别	99
垂老别	100
无家别	101
夏日叹	102
夏夜叹	102

立秋后题	103
佳人	103
梦李白二首	104
后出塞五首	105
秦州杂诗	107
月夜忆舍弟	107
雨晴	107
遣怀	108
野望	108
空囊	108
发秦州	108
赤谷	109
铁堂峡	110
法镜寺	110
石龛	111
积草岭	112
乾元中寓居同谷县作歌七首	112
万丈潭	114
发同谷县	115
木皮岭	116

白沙渡	116
水会渡	117
飞仙阁	117
五盘	118
剑门	118
成都府	119
卜居	120
王十五司马弟出郭相访兼遗营茅屋赀	120
堂成	120
蜀相	121
为农	121
有客	122
狂夫	122
进艇	122
江村	123
野老	123
所思	123
绝句漫兴九首	124
南邻	125
出郭	125

恨别 ·········· *126*

客至 ·········· *126*

漫成二首 ·········· *126*

春夜喜雨 ·········· *127*

江亭 ·········· *127*

可惜 ·········· *128*

寒食 ·········· *128*

春水生二绝 ·········· *128*

江上值水如海势聊短述 ·········· *129*

水槛遣心二首 ·········· *129*

江畔独步寻花七绝句 ·········· *130*

闻斛斯六官未归 ·········· *131*

赴青城县出成都寄陶王二少尹 ·········· *131*

送韩十四江东觐省 ·········· *132*

茅屋为秋风所破歌 ·········· *132*

百忧集行 ·········· *133*

不见 ·········· *133*

草堂即事 ·········· *134*

屏迹三首 ·········· *134*

少年行 ·········· *135*

赠花卿 ·················· *135*

遭田父泥饮美严中丞 ·················· *135*

奉酬严公寄题野亭之作 ·················· *136*

三绝句 ·················· *137*

溪涨 ·················· *137*

苦战行 ·················· *138*

去秋行 ·················· *138*

观打鱼歌 ·················· *139*

又观打鱼 ·················· *140*

越王楼歌 ·················· *140*

宗武生日 ·················· *141*

光禄坂行 ·················· *141*

悲秋 ·················· *142*

客夜 ·················· *142*

客亭 ·················· *142*

九日登梓州城 ·················· *143*

相从歌赠严二别驾 ·················· *143*

早发射洪县南途中作 ·················· *144*

通泉驿南去通泉县十五里山水作 ·················· *145*

陪王侍御宴通泉东山野亭 ·················· *145*

闻官军收河南河北	146
远游	146
春日梓州登楼二首	146
送路六侍御入朝	147
涪城县香积寺官阁	147
登牛头山亭子	148
倚杖	148
舟前小鹅儿	149
官池春雁二首	149
赠韦赞善别	149
短歌行送祁录事归合州因寄苏使君	150
寄题江外草堂	150
韦讽录事宅观曹将军画马图	151
送韦讽上阆州录事参军	153
丹青引赠曹将军霸	154
九日	155
倦夜	156
薄暮	156
严氏溪放歌行	156
发阆中	157

冬狩行 ……………………………………………… *157*

将适吴楚留别章使君留后兼幕府诸公得柳字 ……… *158*

征夫 ……………………………………………… *159*

舍弟占归草堂检校聊示此诗 ……………………… *160*

释闷 ……………………………………………… *160*

阆山歌 …………………………………………… *161*

阆水歌 …………………………………………… *161*

滕王亭子二首 …………………………………… *162*

将赴成都草堂途中有作先寄严郑公五首 ………… *162*

自阆州领妻子却赴蜀山行三首 …………………… *164*

春归 ……………………………………………… *165*

归来 ……………………………………………… *166*

草堂 ……………………………………………… *166*

四松 ……………………………………………… *168*

登楼 ……………………………………………… *168*

奉寄高常侍 ……………………………………… *169*

绝句二首 ………………………………………… *170*

黄河二首 ………………………………………… *170*

忆昔二首 ………………………………………… *171*

院中晚晴怀西郭茅舍 …………………………… *173*

到村 ... 173

宿府 ... 174

至后 ... 174

春日江村五首 ... 174

绝句六首 ... 176

绝句四首 ... 177

天边行 ... 178

莫相疑行 ... 178

拨闷 ... 179

禹庙 ... 179

题忠州龙兴寺所居院壁 ... 180

哭严仆射归榇 ... 180

旅夜书怀 ... 181

云安九日郑十八携酒陪诸公宴 ... 181

别常征君 ... 181

怀锦水居止二首 ... 182

青丝 ... 182

三绝句 ... 183

十二月一日三首 ... 184

南楚 ... 185

老病	185
杜鹃	186
子规	186
近闻	187
移居夔州作	187
船下夔州郭宿雨湿不得上岸别王十二判官	188
漫成一绝	188
引水	188
上白帝城二首	189
白帝城最高楼	190
古柏行	190
负薪行	191
最能行	191
白帝	192
秋兴八首	192
秋清	195
江汉	196
壮游	196
遣怀	201
缚鸡行	202

立春 203
王十五前阁会 203
崔评事弟许相迎不到应虑老夫见泥雨怯出必愆佳期走笔戏简 203
愁 204
昼梦 204
即事 204
熟食日示宗文宗武 205
又示两儿 205
得舍弟观书自中都已达江陵今兹暮春月末行李合到夔州悲喜相兼团圆可待赋诗即事情见乎词 206
喜观即到复题短篇二首 206
返照 207
月三首 207
醉为马坠诸公携酒相看 208
过客相寻 209
归 209
暇日小园散病将种秋菜督勒耕牛兼书触目 209
秋风二首 210
见萤火 210

登高	211
锦树行	211
写怀二首	212
可叹	213
观公孙大娘弟子舞剑器行并序	215
冬至	217
大历三年春白帝城放船出瞿唐峡久居夔府将适江陵漂泊有诗凡四十韵	217
书堂饮既夜复邀李尚书下马月下赋绝句	220
夜闻觱篥	221
岁晏行	221
蚕谷行	222
清明	222
风雨看舟前落花戏为新句	223

新编导言

一

杜甫的一生,历经了唐朝的由盛转衰。他出身于儒宦世家,但论仕途,他不像李白那样曾跻身翰林,出入高层;他也有过殿前献赋的荣耀,但所任不过是河西尉、左拾遗、工部员外郎等较低的官职。在颠沛流离的人生旅途中,他将胸中郁积的情感,化作一篇篇真挚动人的诗篇,"穷年忧黎元,叹息肠内热"。杜甫的诗歌,忠实地记录了大唐王朝的兴盛与衰落,留下了翔实而宝贵的"诗史"。

杜甫晚年移居夔州,有首追忆他坎坷人生的诗:

历历开元事,分明在眼前。无端盗贼起,忽已岁时迁。巫峡西江外,秦城北斗边。为郎从白首,卧病数秋天。

若论艺术成就，这首题为《历历》的五律，比他同时期的名篇要有所逊色。但这首诗写于杜甫去世前不到四年，讲了开元盛世、安史之乱、四川漂泊，直至沉沦卧病，无疑是他生命历程的概括。年少时期的杜甫，曾见证了开元年间的"稻米流脂粟米白，公私仓廪俱丰实"，但这些历历在目的景象早已一去不返。他也曾目睹了唐明皇与杨国忠、李林甫的亲近，一首《丽人行》描写了杨氏兄妹曲江春游，从侧面勾勒了贵戚们"炙手可热势绝伦"的奢华骄宠。当安史之乱时，杜甫先是困居长安，"遥怜小儿女，未解忆长安"，目睹了"国破山河在，城春草木深"的凄凉；后追随肃宗于灵武，授左拾遗，旋又被当作宰相房琯的同党而被贬为华州司功参军。在时局的动荡里，他写出"三吏""三别"这样痛切针砭时弊的名篇。后来，经历岁月变迁，他又携家南下，在友人帮助下于成都建起浣花草堂，暂时过上"老妻画纸为棋局，稚子敲针作钓钩"的生活。而随着蜀境战乱、友人严武去世，"飘飘何所似，天地一沙鸥"，他不得不移居夔州。一年后又南下荆楚，境遇愈发凄楚，"亲朋无一字，老病有孤舟"，不久竟卒于潭州，终年才五十九岁。

漂泊的一生，丰富的经历，是杜甫诗歌创作的素材和源泉。而对诗歌艺术的不懈追求和多种尝试，奠定了杜甫在诗歌艺术史上的不朽地位。在《江上值水如海势聊短述》诗中，杜甫自陈道：

> 为人性僻耽佳句，语不惊人死不休。老去诗篇浑漫与，春来花鸟莫深愁。

他追求遣词造句的独特效果，到了晚年诗境愈发浑融，形成了沉郁顿挫的艺术风格。从诗体上看，在盛唐的诸多诗人中，李白长于古风歌行，王昌龄有"七绝圣手"之名，而杜甫则是为数不多的诸体皆擅的诗人。在古体诗中，他善于用长篇的诗章，从细节入手，叙述宏阔的历史，记载国破家亡、流离失所和相逢别离间的情绪起伏，像"三吏""三别"、《自京赴奉先县咏怀五百字》《赠卫八处士》和《丽人行》《洗兵马》等五言、七言古风，无不脍炙人口。至于格律诗，杜甫一生中创作了绝句一百多首，律诗六百多首，极大地推动了格律诗在艺术上的成熟。在五言、七言绝句方面，留下了《八阵图》《江畔独步寻花》《戏为六绝句》等诸多佳作。如《绝句四首》之三：

> 两个黄鹂鸣翠柳，一行白鹭上青天。窗含西岭千秋雪，门泊东吴万里船。

用语自然工整，情境开阔，韵味绵长，可谓千古名篇。在五言律诗方面，他有《春望》《月夜忆舍弟》《春夜喜雨》《旅夜书怀》《登岳阳楼》等佳作。至入蜀以后，"晚节渐于诗律细"，他创作了大量七律，诸如《客至》《闻官军收河南河北》《秋兴八首》《登高》等，把深沉情感融入铿锵顿挫的节奏中，尽显千锤百炼的功力。总体说来，杜甫的诗歌以整饬的格律、凝练的语言、精妙的对仗、完美的构思见长。他的诗歌，情感深沉细腻，蕴含着浓重的忧患意识，在诗歌史上影响深远。

杜甫的诗集，据《旧唐书》《新唐书》记载，曾有"文集六十卷，行于江汉之南"，在南方通过手抄流传；又有樊晃编纂的《杜工部小集》，收录了杜甫诗文二百多篇。从宋初的王禹偁，到宋祁、欧阳修、苏舜钦、王安石、苏轼、黄庭坚等人，无不推重杜甫，当时有王洙、王淇刊刻《杜工部集》，并涌现出各种编年、注释、集注本的杜甫集。清代，则以钱谦益《杜工部集注》、仇兆鳌《杜诗详注》、杨伦《杜诗镜铨》等几部注本最有名。《杜工部集注》注重挖掘杜诗历史背景，《杜诗详注》注释详赡，《杜诗镜铨》则以精要的解题、简略的注释、贴切的点评见长。当代萧涤非先生的《杜甫诗选注》，基本按照杜甫的生平编年，选择了一些具有代表性的诗作，逐篇介绍背景，并做简要注释和赏析。

本书选注者傅东华（1893—1971），曾供职于中华书局、商务印书馆，任教于复旦大学、暨南大学，从事过翻译工作，也做过文学编辑、国学普及工作。他翻译过《奥德赛》《失乐园》《神曲》《堂吉诃德》《飘》《伊利亚特》等西方经典名著。这本《杜甫诗》，篇目选择、编排和注释均颇有特色，有助于拓宽学生对杜甫诗歌的认识和理解。除前面所举篇目外，还有一些反映唐代社会变化、记述杜甫个人生平的诗篇，如早年的《陪李北海宴历下亭》《饮中八仙歌》，晚年的《壮游》《遣怀》等，虽然对中学生来说文字偏难，但注释较为详细。本书的篇目编排，基本依据杜甫生平的经历。注释方面，对相关地名、人物、事件，引用了《旧唐书》《新唐书》《资治通鉴》《唐六典》《唐会要》《方舆胜览》等相关文献加以交代；对杜甫的熔裁典故，则援引古籍，加以注释。同时，傅先生还撰写了一篇较为详细的绪言，对读者了解杜诗艺术特色与成就很有帮助。

二

阅读本书的方法不妨因人而异，下面提些建议供参考。

（一）辑录诗句。

例如，闻一多先生曾说："两汉时期文人有良心而没有文学，魏晋六朝时期则有文学而没有良心，盛唐时期则文学与良心二者兼备，杜甫便是代表，他的伟大也在这里。"所谓良心，指对人世不幸的悲悯同情。而本书原绪言则说："我们看他（杜甫）对君国，对朋友，对妻子，对兄弟，以至对路人，对一草一木，那一处没有这种同情的流露呢？"阅读本书，若能从绪言所说的这几个方面各找出一些诗句辑录下来，收获一定会很实在。倘若阅读全书完成辑录有困难，可先从"三吏""三别"和题目上有悲、哀、叹等字眼的作品入手。当然，辑录杜甫诗句，还可自行确定其他角度。

（二）把阅读本书和作文结合起来。

例如，晚唐孟棨《本事诗》说："杜（甫）逢禄山之难，流离陇蜀，毕陈于诗，推见至隐，殆无遗事，故当时号为诗史。"这是"诗史"之称的由来。本文前面提到了《自京赴奉先县咏怀五百字》等诗，此外还可细读《北征》《秋兴八首》《诸将五首》《咏怀古迹五首》等。体会一下：这些诗让我们看到怎样的时代特征？这些诗中哪些细节给你留下深刻印象？反映出杜甫有哪些不同于其他诗人的个性色彩？这样，就可用"杜甫与'诗史'"为题，写篇不错的作文。

又如，《旅夜书怀》首联"细草微风岸，危樯独夜舟"，草"细"、风"微"、舟"独"，这一切在静谧凄清的夜色中，何等卑微，何等孤独！尾联"飘飘何所似，天地一沙鸥"中"沙鸥"这一意象，加上"飘飘""天地""一"这三个修饰，突出了天地苍茫、沙鸥渺小，且仅有一只，孤独无侣，在风中飘摇。这让人不由想到，天地越辽阔，个人越渺小；历史越永恒，人生越短暂。而作者呢？老杜此刻的心境却可以说相当宁静而显豁，这又为什么呢？

以上谈了鉴赏杜诗的一个例子。如有兴趣，可自行找几首杜诗，揣摩其中的意象，若有所得，就可写篇作文——"从杜诗的意象，试谈杜甫的精神世界"。当然，也可"试谈"别的内容。

（三）结合反复诵读，揣摩杜诗的语言魅力。

《红楼梦》"香菱学诗"反映了曹雪芹对学诗的见解："你

若真心要学，我这里有《王摩诘全集》，你且把他的五言律读一百首，细心揣摩透熟了，然后再读一二百首老杜的七言律，次再李青莲的七言绝句读一二百首。肚子里先有了这三个人做了底子。"对这段话通常的解释是，之所以学杜放在学李之前，是因为杜的格律更讲究；而把王维放在李、杜之前，则因为香菱是女性，先学平和冲淡的王维比较合适。这么看来，学诗从杜甫学起，其实是最好的。因为杜甫说自己"为人性僻耽佳句，语不惊人死不休"，绝非虚言。

请多读几首杜甫的律诗，就个人在提升语言感受力上获得的启示，可约集几个人展开讨论。

（四）讨论对杜甫的评价问题。

例如，闻一多先生在《杜甫》一文中说，杜甫是"中国有史以来第一个大诗人，四千年文化中最庄严、最瑰丽、最永久的一道光彩"。而林庚先生则在推崇杜甫的同时，指出他的律诗有毛病：最后一联往往收不住全诗，"杜甫的名句极多，而成章却少"，"离开了感情渐远，而加入理智的安排愈多"。你赞同林先生的意见吗？试结合杜甫作品，做些证明或反驳。

原书绪言

杜甫号称"诗史"[①],他的诗就是他一生的自述,也就是他的时代的实录。所以我们要了解他的诗,自非先明白他的时代背景不可;就是要了解他的生平,也非先明白他的时代背景不可:因为他那种飘泊流转的生涯,完全是时代造成的——只看他集中无论是咏景咏物的小品,都莫不有一个"时代"映在背后,就可知了。

杜甫生于唐睿宗先天元年(公元712年),卒于代宗大历五年(公元770年)。这五十九年期间——凡历玄宗、肃宗、代宗三朝——正是唐朝最多事的一个时代:先有安史之乱,后有吐蕃入寇;两京陷落了数回,天子蒙尘过两次;至于其他杀刺史、杀边将的小乱,差不多无地无之,年年都有。杜甫生当

---

① 见孟棨《本事诗》"高逸第三"。

这种时代，中年以后，简直没有一天不过的是避难的生活，所以他的诗集，竟成为一部痛史了。

甫字子美，而后人或称他为少陵，是指他在长安的居处说的；或称为他工部，是指他最后的官衔说的；又称他的诗集为"草堂"诗集，是从他寓居成都浣花溪时所筑的草堂得名的。他是晋镇南将军当阳侯杜预的十三世孙[①]，曾祖依艺，终巩令；祖审言，修文馆学士尚书，膳部员外郎，也是唐代的著名诗人；父闲，朝议大夫，兖州司马，终奉天令。他本京兆杜陵（今陕西长安县）[②]人，后徙襄阳（今湖北襄阳县）[③]，又徙河南巩县（今县名同）。[④]

关于他的少年生活，我们只有他那篇《壮游》诗（本编入选）的自述。这篇自述虽很简略，但我们至少可知他是夙慧的。[⑤]他二十岁左右，便出游吴越；[⑥]这一游大约是三四年的时间，其间大概也有所作，不过现在都不传了。归后赴乡贡，不

---

① 见《祭远祖当阳君文》。
② 即今陕西西安市长安区。——校订者注
③ 即今湖北襄阳市。——校订者注
④ 以上均见《旧唐书》本传。校订者按：巩县，即今河南巩义市。
⑤ 《壮游》诗云："七龄思即壮，开口咏凤凰。"又《进雕赋表》云："自七岁所缀诗笔向四十载矣，约千有余篇。"可见他七岁便会做诗，只可惜他这些少年的作品现在都不可见了。
⑥ 亦见《壮游》诗。又《进三大礼赋表》云："浪迹于陛下丰草长林，实自弱冠之年矣。"可知他的初次出游当在二十左右。

第,^①又出游齐、赵,"快意"了"八九年"(包括居洛阳之二年)^②。此时李白从翰林放归,客游梁、宋、齐、鲁,杜甫和他会见,相从赋诗;而现今集中所存的诗,就以这一期间的作品为开始。^③这一期间的作品,都没有十分精采;这并非因他的诗尚未成熟,是因彼时政象还好,加以"频岁丰稔,京师米斛不满二百;天下乂安,虽行万里不持兵刃"^④,所以他得不着什么刺激很强烈的印象,因而也就没有什么很精采的表现了。这在当时,他自己并不觉得,及到后来回想,方才觉得是不可再遇的黄金时代。^⑤

他的罢游归长安,当是天宝四五载的事情。^⑥他的居处是在长安城东,名为杜曲。长安自古为帝都,宫苑亭池,代有所

---

① 见《壮游》诗及《旧唐书》本传。按:《唐摭言》:"俊秀等科此皆考功主之。开元二十四年,……廷议以省郎位轻,不足以临多士,乃诏礼部侍郎专之矣。"而《壮游》诗之"归帆拂天姥"后,有"忤下考功第"句,可知尚在二十四年改制之前,而吴、楚之游,为期亦不过三四年,归时当在二十三四岁也。
② 见《赠李白》诗。
③ 集中《陪李北海宴历下亭》诗是游齐、鲁时所作。按:李邕为北海太守,在天宝初,此诗当作于天宝三四载,时年三十三四。
④ 见《旧唐书·玄宗纪》开元二十八年。
⑤ 见《忆昔二首》诗之二。
⑥ 《壮游》诗云:"放荡齐赵间,裘马颇清狂","快意八九年,西归到咸阳"。从开元二十二三年不第出游起算八九年,知其归长安当在天宝四五载。

建,加以杜甫的诗千古不朽,所以这杜曲周围经他取作题材的那些地名,仿佛已都含有诗意了。现在为便于读他的诗起见,请把这一带地方的形势略说一下,读者庶几可以想像得到它们的方位。① 长安城东有霸陵,汉文帝所葬,霸南五里即乐游原,宣帝筑以为陵,曰杜陵。杜陵东南② 十余里又有一陵,差小,许后所葬,谓之少陵,其东即杜曲,又名南杜;南杜之北,又有一北杜,又名杜围。杜曲的近境,其一就是乐游原,或称乐游苑,又称乐游园,汉神爵三年所起。地滨秦川(即樊川),居京城之最高,四望宽敞。乐游原之西有芙蓉园,园内有池,名曰芙蓉池。唐时以芙蓉园为南苑,有夹城可通园内兴庆宫,乃开元二十年所筑。芙蓉园之北,就是著名的曲江了。曲江亦曰曲江池,本秦之隑州,汉武帝因秦宜春苑故址凿而广之;其水曲折,故名。唐开元中更为疏凿,周七里,遂为胜境;花卉环列,烟水明媚;入夏则菰蒲葱翠,柳阴四合,碧波红蕖,湛然可爱。至于远境,则北有渭水,南有终南山;东有骊山,骊山之麓有温泉,就是明皇常巡幸的华清宫所在。

他在这样的环境里面,大约过了八九年的样子;虽有秀丽的山川,却是不能赏乐。何以故呢?一来是由于受境遇的压

---

① 编者不曾亲到长安,不晓得现在这些遗迹还都可按图寻觅否?这里所说,不过是根据诸家注以及《长安志》《雍录》一类的记载略为综合罢了。
② 《三辅黄图》谓乐游原在杜陵西北,不知孰是。

迫。因为他虽以《三大礼赋》①而得明皇的赏识,②却也不过叫他"待制集贤院,命宰相试文章"③;授了一个河西尉,他却因怕折腰,怕趋走,感着凄凉而不作。④后来改为率府参军,却仍非常潦倒;不但自己"衣不盖体,尝寄食于人"⑤,竟至寄寓于奉先（今陕西蒲城县）的幼子都饿死。⑥

他因受着这种境遇的压迫,当然就要推原于政象的不良了。我们从他的诗里,可见他当时所感到的政象腐败,可以归纳做两点：其一是君臣荒淫,其一是穷兵黩武。

我们都晓得明皇自从得了杨贵妃,⑦一时国戚姊妹,俱臻显贵,大家竞相奢侈;而他们的淫乐处,又大都在曲江池头,华清宫里,⑧正是我们这位可怜诗人所居之左近,那里由得他

---

① 《三大礼赋》即《朝献太清宫赋》《朝享太庙赋》《有事于南郊赋》。进赋之年,《旧唐书》谓天宝末,《新唐书》谓天宝十三载,经后来注家考定,此为当在天宝十载;因《旧唐书·玄宗纪》云："(天宝十载正月八日)壬辰朝献太清宫,癸巳朝飨太庙,甲午有事于南郊。"且按之《进三大礼赋表》中"臣生长陛下淳朴之俗,行四十载矣"之语亦合。
② 《旧唐书·杜甫传》云："献《三大礼赋》,玄宗奇之。"《新唐书·杜甫传》云："甫奏赋三篇,帝奇之。"
③ 见《新唐书》本传。
④ 见《官定后戏赠》诗。
⑤ 见《新唐书》本传。
⑥ 见《自京赴奉先县咏怀五百字》诗。
⑦ 明皇召杨氏入宫在天宝三载,册为贵妃在四载八月。
⑧ 见《丽人行》诗。

闭着眼睛佯为不见呢？他因目击这种腐败的现象，这才知道所以"路有冻死骨"，乃是"朱门酒肉臭"的结果；知道"彤庭所分帛，本自寒女出"的，然而他们坚执地要"鞭挞其夫家，聚敛贡城阙"，于是乎竟使"邦国"活不成了。他又知道自己须做一个小官，却仍旧还是"邦国""平人"的一分子而不免"入门闻号咷"，于是乎他不由得不痛哭了。

但这还不过是政象腐败的一方面。我们晓得天宝末年，一边有哥舒翰贪功于吐蕃，一边有安禄山构祸于契丹，征调半天下，差不多人人都须有一番"弃绝父母恩，吞声行负戈"①的经验。这在我们千载后读史的人看去，还感不着怎么样深刻的刺戟；但他当时天天目击那种"戚戚去故里，悠悠赴交河"②的情景，于是乎又不由他不痛哭了。

所以他在长安八九年的生活，虽则还未亲身经验着战乱的苦痛，却已饱受了许多难受的刺戟，而实际之战乱的恐怖也就跟着来了。

安史之乱是我们历史上著名事件之一，先后延长八年之久，③被难的区域，涉及陕西、河南、山西、直隶、山东五省之地。自从乱事起后，我们这位诗人的生活，便跟着它的凶险

---

① 《前出塞九首》诗之一。
② 同前注。
③ 安史之乱以天宝十四年十一月安禄山起兵于范阳为开始，广德元年正月史朝义败死为结局。

的恶波为上下了。

当乱事初起,他正在奉先县。① 明年(天宝十五载)夏,他从奉先挈家往依白水县的崔县尉(他的舅氏);② 未几,又从白水北往鄜州(今鄜县)。③ 其时④,哥舒翰战败于灵宝(今河南灵宝县)⑤西。安禄山陷潼关,明皇奔蜀。次马嵬(在今陕西兴平县西)⑥,陈玄礼杀杨国忠;贵妃自缢;长安遂陷。七月,太子即位于灵武(今甘肃灵武县)⑦,是为肃宗。杜甫闻信,欲奔行在,遂陷贼中。他于是独居长安,与寄寓鄜州的家属远隔,凡过一冬一春;⑧ 其间所作,有《春望》《哀王孙》《哀江头》《一百五日夜对月》等篇(本编均入选);读者观此,便可见他在这段期间的感想了。

---

① 《自京赴奉先县咏怀五百字》诗中有"岁暮百草零"之句而诗中未及乱事,可知他往奉先在禄山起兵之前而相距亦必不甚远。
② 《白水县崔少府十九翁高斋三十韵》诗(本编未选)云:"客从南县来,浩荡无与适。旅食白日长,况当朱炎赫。"可知他从奉先到白水在夏时。
③ 《三川观水涨二十韵》诗(本编未选)云:"我经华原来,不复见平陆。……火云无时出,飞电常在目。"可知亦在夏间。旧谱谓五月往白水,六月往鄜州,当即据此。校订者按:鄜县,即今陕西富县。
④ 六月。(见《资治通鉴》。)
⑤ 即今河南灵宝市。——校订者注
⑥ 兴平县,即今陕西兴平市。——校订者注
⑦ 即今宁夏灵武市。——校订者注
⑧ 《得家书》诗云:"西郊白露初。"《述怀》诗云:"寄书问三川,不知家在否。……自寄一封书,今已十月后。"可推知他离家当在去年冬初。

杜甫诗

明年(即至德二载)正月,肃宗至彭原(今甘肃宁县);安庆绪杀禄山而自立。二月,肃宗至凤翔;史思明寇太原,李光弼大破之。四月,杜甫从贼中逃至凤翔行在;① 授左拾遗。② 拾遗是谏官,③ 那时刚碰着房琯罢相之事,④ 我们这位诗人就有机会实行他的职守,上书言琯有才,不宜罢免。帝怒,诏三司推问,亏得继任的宰相张镐替他营救,始免,⑤ 仍放还就列。这事当然又给他一个很大的刺戟,加以他离家将近一年,十月杳无音信,思家之心,非常迫切,⑥ 因便请假归省,而他的第一杰作《北征》,就产生于这个时候。

他从凤翔北上鄜州,是至德二载闰八月初。⑦ 此番和家人见面的情形,虽不如前次归奉先时有丧子之惨,却也是够悲伤的;你看——"经年至茅屋,妻子衣百结。恸哭松声回,悲泉

---

① 《述怀》诗云:"今夏草木长,脱身得西走。"乃用陶渊明诗"孟夏草木长"之句。
② 《述怀》诗云:"涕泪授拾遗,流离主恩厚。"元稹《唐故工部员外郎杜君墓系铭》与《新唐书》并云左拾遗,《旧唐书》云右拾遗。当以前说为是。
③ 《通典》:武后置左右拾遗二人,掌供奉给谏。
④ 房琯罢相在至德二载四月。原因为兵败陈涛斜及收琴工董庭兰为门客事。
⑤ 《新唐书》本传云:"甫上疏言:'罪细,不宜免大臣。'帝怒,诏三司杂问。宰相张镐曰:'甫若抵罪,绝言者路。'帝乃解。"
⑥ 见《述怀》诗。
⑦ 见《北征》诗。

共幽咽。平生所娇儿，颜色白胜雪。见耶背面啼，垢腻脚不袜。床前两小女，补绽才过膝。海图拆波涛，旧绣移曲折。天吴及紫凤，颠倒在裋褐。"——这是什么情景呢！但他并不怨天尤人；他只有希望：他希望国家中兴，希望和平恢复；[①]因为他始终相信个人"生理"的好坏，完全是随国家的安危为转移的。所以他并不汲汲以个人为念：他的心思用在大处——国家。只看他凡送人赴官，都有一番勉励，希望他们能为国家宣力，而助成中兴之业。例如《送樊二十三侍御赴汉中判官》云："至尊方旰食，仗尔布嘉惠。……正当艰难时，实藉长久计。"《送长孙九侍御赴武威判官》云："天子忧凉州，严程到须早。去秋群胡反，不得无电扫。此行牧遗甿，风俗方再造。"《奉送郭中丞兼太仆卿充陇右节度使三十韵》云："废邑狐狸语，空村虎豹争。人频坠涂炭，公岂忘精诚？"

他这种希望，暂时总算得着实现的：因为不久，两京便相继恢复，肃宗也从凤翔还京了。是年十一月，他由鄜州还长安。[②]次年（即乾元元年）春，再任左拾遗，得与王维、贾至、岑参

---

① 《北征》诗的后段，全是希望语。
② 旧谱皆言至德二载十月上还西京，公扈从。仇兆鳌注据《收京》诗"生意甘衰白，天涯正寂寥。忽闻哀痛诏，又下圣明朝"等句，以为其至京当在十一月。按：《旧唐书·肃宗纪》："十一月壬申朔，上御丹凤楼，下制曰……"可证仇说可信。

诸人相酬唱,[1] 并得"每日江头尽醉归"[2]:这总算是他生平最幸福的一段时期。但同年六月,房琯贬为邠州刺史;他因是琯党,也出为华州(今陕西华县)[3]司功。我们看《早秋苦热堆案相仍》一诗,可知他在这任里的生活是很不愉快的,而且他这一出,就终身不复归长安了。

同年冬末,他从华州至洛阳,目的不可知。[4]次年春,又由洛阳还华州。其时,史思明据魏州(今直隶大名县)[5],九节度使师败于邺(今河南临漳县)[6],朝廷调兵益急;他在途中目击民间被征调之苦,遂有"三吏""三别"等六篇杰作的出品。回华州后,值关辅大饥,他便于七月间弃官西去;[7]携家度陇,[8]作客秦州(今甘肃天水县)[9],约在三月;著名的《秦州杂诗二十首》就是此时所作。但他在秦州不能维持生活,故又于十月间南徙同谷(今甘肃成县)。他理想中的同谷,是有

---

[1] 贾至时为中书舍人,有《早朝大明宫呈两省僚友》诗,公与王维、岑参各有所和。
[2] 见《曲江二首》诗。
[3] 即今陕西渭南市华州区。——校订者注
[4] 集中有《冬末以事之东都》诗。
[5] 即今河北大名县。——校订者注
[6] 临漳县今属河北邯郸市。——校订者注
[7] 集中《立秋后题》一诗,是将弃官时所作。
[8] 《秦州杂诗》第二十首云:"晒药能无妇,应门亦有儿。"可知携家俱来也。
[9] 即今甘肃天水市。——校订者注

良田可以耕种,多薯蓣可以充肠的;①而实际并不如此;我们看《乾元中寓居同谷县作歌七首》,就可见他在那里的生活状况如何了。所以他居同谷不满二月,便又南行入蜀,于十二月初至成都。②

到成都后,得王十五司马弟的资助,③在城西浣花溪畔建一草堂,经二年至宝应元年三月而成,④这草堂背郭缘溪,四周景物,颇可赏玩。⑤他住在这里面约两年多日子(中间曾游青城县一次),虽也不过伴着"老妻画纸为棋局,稚子敲针作钓钩",却要算是他的比较安慰的生活,只无如贫老相迫,所以终不免落个百忧交集而已。⑥

于此,我们应该注意一个和杜甫生世最有关系的人——就是严武,严武是开元名相姚崇门下士挺之之子,八岁时尝手刃父妾;安禄山之乱,从玄宗入蜀;至德初,赴肃宗行在,房琯以其名臣之子荐为给事中。及收京,为京兆尹,坐琯事贬巴州刺史。久之,迁东川节度使。及剑南合为一道,以成都尹擢为剑南节度使。杜甫出为华州司功,武同时亦贬巴州;而甫居

---

① 见《发秦州》诗。
② 见《成都府》诗。
③ 见《王十五司马弟出郭相访兼遗营茅屋赀》诗。
④ 见《寄题江外草堂》诗,又《堂成》诗有"频来语燕定新巢"句,是三月堂成。
⑤ 见《为农》《狂夫》《江村》等诗。
⑥ 见《百忧集行》诗。

成都之时，亦适武持节剑南之日。

杜甫为武父挺之之故人，与武并被认为房琯之党；故其同客成都，两人常有酬答；[①] 武亦尝访甫于草堂。[②] 一个是飘泊流寓的贫寒诗人，一个是雄镇一方的持节大吏；얻得客地相依，非不是一种安慰。但不久，武被召还京，[③] 甫直送他到离绵州（今四川绵阳县）[④] 三十里的奉济驿；我们读他的"江村独归处，寂寞养残生"[⑤] 之句，一种黯然惜别的情绪，显然可以感着了。

未几，剑南兵马使徐知道反，[⑥] 以兵守要害拒严武，武至九月尚不得出巴。[⑦] 其时，杜甫因避难入梓州（今三台县治），冬复至成都迎家入梓。[⑧] 十一月，往射洪县南之通泉县（今射洪县属）。[⑨] 次年（即广德元年）春，他由梓州赴汉州（今广汉

---

① 《奉酬严公寄题野亭之作》《奉和严中丞西城晚眺十韵》《中丞严公雨中垂寄见忆一绝奉答二绝》。
② 《严中丞枉驾见过》。
③ 武以宝应元年七月召还，拜京兆尹，为二圣山陵桥道使。
④ 即今四川绵阳市。——校订者注
⑤ 《奉济驿重送严公四韵》。
⑥ 按：据《资治通鉴》，徐知道之乱在七月己未。
⑦ 见《九日奉寄严大夫》诗。
⑧ 有《光禄坂行》诗。
⑨ 有《早发射洪县南途中作》及《通泉驿南去通泉县十五里山水作》等诗。

县),①秋往阆州(今阆中县),②冬晚复回梓州。③他这样的飘泊了两年,而念念不忘的,只是一个成都草堂;④因为他居成都虽不久,而那草堂是他亲手一草一木经营起来的,所以不啻是第二故乡了。是年十月,吐蕃入寇,代宗出奔陕州,长安遂陷。他闻信之下,当然又有一番愤慨——我们看"西京疲百战,北阙任群凶。关塞三千里,烟花一万重"⑤之句,就可知了。是岁补京兆功曹,不赴。⑥

次年(广德二年)春,复由梓州移家往阆州,⑦会严武再镇剑南,遂于春晚携家由阆返成都。他此次复归草堂的情景是:

旧犬喜我归,低徊入衣裾。邻舍喜我归,酤酒携胡芦。

---

① 有《陪王汉州留杜绵州泛房公西湖》诗。校订者按:广汉县,即今四川广汉市。
② 《王阆州筵奉酬十一舅惜别之作》。校订者按:阆中县,即今四川阆中市。
③ 见《发阆中》诗。
④ 见《寄题江外草堂》诗。
⑤ 见《伤春五首》诗之一。
⑥ 见本传。又《奉寄别马巴州》诗原注云:"时甫除京兆功曹,在东川。"
⑦ 《王阆州筵奉酬十一舅惜别之作》有"千崖秋气高"之句,乃是广德元年之秋。《发阆中》诗有"别家三月一得书"句,知其由阆还梓在冬末,又知此次赴阆,家仍在梓州。而《江亭王阆州筵钱萧遂州》诗云"离亭非旧国,春色是他乡",知次年春二次赴阆州。又据《自阆州领妻子却赴蜀山行三首》,知第二次赴阆始携家俱往。

杜甫诗

> 大官喜我来,遣骑问所须。城郭喜我来,宾客临村墟。①

此乐真亏他描写得出。

六月,入严武幕,武表为节度参谋、检校工部员外郎,赐绯鱼袋②。但他的境况,并不因此进步:我们看《王录事许修草堂赀不到聊小诘》一绝句便是证据。

而且他此次与严武相处,和前次的情形不同:因为前次两人只有故旧的关系,所以惟有诗酒相酬,情谊因而愈笃;此次却已发生了长官和僚属的关系,形迹上当然不免有些障隔,加以"武在蜀颇放肆,……慢倨不为礼"③,甫亦"或时不巾,而性褊躁傲诞"④,我们虽不必相信史家所说严武性情如何暴急,尝欲杀甫,其母奔救得止之事⑤;总之,两人俱负才气,各不相下,是有的。所以杜甫对于严武虽说愿意"束缚酬知己,蹉跎效小忠"⑥,却总以为"白头趋幕府,深觉负平生"⑦;加以他看出同僚中对他妒忌,不免有"当面输心背面笑"⑧的

---

① 见《草堂》诗。
② 绯鱼袋,指绯衣与鱼符袋。绯,红色朝服。唐制,五品以上官员赐鱼符袋。
③ 《新唐书·严武传》。
④ 《新唐书·杜甫传》。
⑤ 同上。
⑥ 《遣闷奉呈严公二十韵》。
⑦ 《正月三日归溪上有作简院内诸公》。
⑧ 《莫相疑行》。

态度，故不过七个月的相处，① 他便决然的辞幕而归了。但他对于严武的友谊并未因此减损：他仍愿跟他"把酒""深酌"，"题诗""细论"②，而不幸严武不久即逝世，③ 这当然又是他的一个非常的打击。

严武逝世的次月，他就离草堂南下，本意欲往荆楚：先至戎州（今四川宜宾县治），④ 旋至渝州（旧重庆府），⑤ 六月至忠州（今忠县）。⑥ 于此，始闻高适的死耗，⑦ 又于此，哭严武的归榇。⑧ 此时房琯已先卒；⑨ 他和高适、严武，都是杜甫生平最受知遇之人，今两人亦相继亡去，单剩我们这位五十四岁的诗人，当然不免要起孤零之感了。

同年秋，他从渝州至云安（今云阳县），⑩ 居之。是时当严武死后，蜀中坐镇之人，因复陷于纷乱之状态：

---

① 公以六月入幕，至次年（永泰元年）正月辞幕，止七个月。
② 《敞庐遣兴奉寄严公》。
③ 武以永泰元年四月卒。
④ 有《宴戎州杨使君东楼》诗。校订者按：宜宾县，即今四川宜宾市。
⑤ 有《渝州候严六侍御不到先下峡》诗。校订者按：旧重庆府，即今重庆市。
⑥ 有《宴忠州使君侄宅》《题忠州龙兴寺所居院壁》诗。
⑦ 高适以永泰元年正月卒。集中有《闻高常侍亡》一首，原注："忠州作。"
⑧ 有《哭严仆射归榇》诗。
⑨ 房琯以广德元年八月卒于阆州。
⑩ 有《云安九日郑十八携酒陪诸公宴》诗。

> 前年渝州杀刺史,今年开州杀刺史。群盗相随剧虎狼,食人更肯留妻子?①

乃是当时的实况。他因而觉得云安亦非久居之地,便于次年(大历元年)春间东下夔州(今奉节县),②居之。夔州是历史上著名的地方,有后汉公孙述的白帝城,三国诸葛亮的八阵图等遗迹。他于此慷慨怀古,所作颇富。例如《秋兴八首》《诸将五首》《咏怀古迹五首》(后二题本编未选),都是此期的重要作品。黄山谷谓"少陵夔州以后诗,不烦绳削而自合",盖言其诗至老而更成熟也。

他在夔州不过二年,而迁居凡四次:大历元年秋,寓居西阁;③次年(大历二年)春,迁赤甲;④三月,迁瀼西;⑤秋,迁东屯;⑥未几,复自东屯归瀼西。在这样搬迁移徙的当中,他却颇享受些田园生活的乐趣。他彼时的环境是:

> 仲夏流多水,清晨向小园。碧溪摇艇阔,朱果烂枝繁。

---

① 《三绝句》之一。
② 有《移居夔州作》一首。
③ 有《西阁雨望》等诗六首。
④ 有《赤甲》一首。
⑤ 有《卜居》一首,《暮春题瀼西新赁草屋五首》。
⑥ 有《自瀼西荆扉且移居东屯茅屋四首》。

始为江山静,终防市井喧。畦蔬绕茅屋,自足媚盘餐。^①

他彼时的工作是:

长夏无所为,客居课奴仆。清晨饭其腹,持斧入白谷。^②

我们晓得他从长安出来之后,除在成都草堂的数年外,一径东奔西跑,未尝过个舒适的日子;这样的田园生活,总算是比较安宁的,而且他在夔州,有的是"香稻三秋末,平畴百顷间"^③,比之当初的"痴儿未知父子礼,叫怒索饭啼门东"^④的景况,总该算是极大的进境。但是不知为什么,他觉得夔州仍旧不能安居;他只说"今我不乐思岳阳,身欲奋飞病在床"^⑤;却没有说出"不乐"的缘故——或者飘泊生涯是诗人的本性所喜罢?

次年(大历三年)正月,他竟以"不乐"的缘故去夔出峡,^⑥但结果是"入舟翻不乐,解缆独长吁"^⑦。三月,到江陵,^⑧

---

① 《园》。
② 《课伐木》。
③ 《茅堂检校收稻二首》。
④ 《百忧集行》。
⑤ 《寄韩谏议注》。
⑥ 有《大历三年春白帝城放船出瞿唐峡久居夔府将适江陵漂泊有诗凡四十韵》。
⑦ 同上。
⑧ 有《暮春江陵送马大卿公恩命追赴阙下》诗。

而这理想中的江陵，也似乎不甚可恋，因为他只感着"年年非故物，处处是穷途"①；于是竟不知"更欲投何处"②了。但他终于不待过秋便"飘然去此都"而到公安（故城在今湖北公安县东北）。③

居公安自秋及暮冬，④所得的经验是：

> 羁旅知交态，淹留见俗情。衰颜聊自哂，小吏最相轻。⑤

由公安晓发，⑥南往岳州（今湖南岳阳县）⑦，在"潇湘洞庭白雪中"⑧度过残岁。次年（大历四年）正月，由岳州至潭州（今湘潭县治）。⑨我们读他的《清明二首》之二云："此身飘泊苦西东，右臂偏枯半耳聋。寂寂系舟双下泪，悠悠伏枕左书空。"想见此老暮年的景况，真堪酸鼻！

---

① 《地隅》。
② 《舟中出江陵南浦奉寄郑少尹审》。
③ 见前注及《移居公安山馆》诗。
④ 陆游《入蜀记》："公《移居公安》诗云：'水烟通径草，秋露接园葵。'而《留别公安太易沙门》诗云：'沙村白雪仍含冻，江县红梅已放春。'则是以秋至此县，暮冬始去。"
⑤ 《久客》。
⑥ 有《晓发公安》诗。
⑦ 即今湖南岳阳市。——校订者注
⑧ 《岁晏行》。
⑨ 有《过南岳入洞庭湖》诗。校订者按：潭州故治在今湖南长沙市。

原书绪言

未几,由潭州至衡州(今衡阳县)①,值夏苦热,因复回潭州。②时欲归襄汉,不果;自是率舟居。次年(大历五年)春,在长沙逢李龟年,有诗云:

> 岐王宅里寻常见,崔九堂前几度闻。正是江南好风景,落花时节又逢君。

李龟年是长安的乐工,尝入宫供奉,目击开元、天宝盛时京师的状况;此时相遇,彼此白头,话及当年遗事,想又曾引起我们这位垂暮诗人的无限伤感。

四月,臧玠乱作,他因避乱再入衡州,③本想到郴州(今郴县)依舅氏崔伟,因至耒阳,泊方田驿。④

关于杜甫的卒时和卒地,因为史家记载之不同,遂引起注家不决的聚讼。《新唐书》本传云:

> 大历中,出瞿唐,下江陵,溯沅湘以登衡山,因客

---

① 衡阳县,即今湖南衡阳市。——校订者注
② 有《发潭州》《衡州送李大夫七丈勉赴广州》及《回棹》等诗。
③ 见《人衡州》诗。
④ 见《聂耒阳以仆阻水书致酒肉疗饥荒江诗得代怀兴尽本韵至县呈聂令陆路去方田驿四十里舟行一日时属江涨泊于方田》一首。校订者按:郴县,即今湖南郴州市。

> 耒阳,游岳祠,大水遽至。涉旬不得食。县令具舟迎之,乃得还。令尝馈牛炙、白酒,大醉,一昔卒,年五十九。

《旧唐书》本传云:

> 扁舟下峡,未维舟而江陵乱;乃溯沿湘流,游衡山,寓居耒阳。甫尝游岳庙,为暴水所阻,旬日不得食,耒阳聂令知之,自棹舟迎甫而还。永泰二年,啖牛肉白酒,一夕而卒于耒阳,时年五十九。

《旧唐书》之"永泰二年",其谬已不待辩;盖杜甫之因避臧玠乱而入衡州,已属不容疑义;而臧玠之乱是大历五年四月的事,① 他何能在四年前先死呢?至关于他的卒地,二书都说是耒阳,元稹的《墓志》则言:

> 扁舟下荆楚间,竟以寓卒,旅殡岳阳,享年五十九。

后来仇兆鳌以元稹作《墓志》在旧史之前,因谓"牛肉白酒"之说不足信,而断定杜甫之卒"当在潭、岳之交,秋冬之际"。钱谦益则以为《史》《志》并不抵触,而信杜甫"卒于耒阳,

---

① 见《旧唐书·代宗纪》。

殡于岳阳"。而或者又谓"耒、岳两地悬绝,更隔洞庭一湖;卒此殡彼,理不可信"。我们生千载后,既再找不出新鲜的证据,对于这样的聚讼,便属无法可以解决,好在无论他卒于耒阳卒于岳阳,其于我们这位可怜诗人穷愁客死的事实,似乎没有很大的关系,所以我们也就不必深究了。我们晓得他的最后十三年,尽是飘泊客中的生活;而读他的"云白山青万余里,愁看直北是长安"① 两句,可见他到死都不忘长安的。

以上是杜甫生平事迹的概略,我们从此,可见他是一个和政治及社会接触极密的诗人:政治和社会上无论那种现象,都能给他以一种深刻的印象,而成为他的诗的冲动和题材。他绝对不像那种明哲保身的隐遁主义者,也绝对不像那种否定一切的超世主义者;他只认得"现实",他没有一般诗人的那种理想境界;他认定现实是不能避免的,所以从不想到去寻觅他的桃花源,也从不肯苟且安乐,而甘心跟现实奋斗到底。所以然者,因为他是一个道地的儒教信徒:他对于儒家治国平天下的观念,以及当初孔子毕生遑遑、席不暇暖的那种态度,都能切实的体会、笃信而实践。而其所以能成一个真正的儒教信徒,则又因他具有一种博大、深厚、普遍、充实的同情之故。这种同情是他先天具备的,决不是虚伪的:我们看他对

---

① 《小寒食舟中作》。

君国,[1] 对朋友,[2] 对妻子,[3] 对兄弟,[4] 以至对路人,[5] 对一草一木,[6] 那一处没有这种同情的流露呢?

唯其有这种博厚充实的同情,同时便有一种毫无虚伪的真诚态度。我们看他寄赠朋友的诗,随处都可看出一种忠实勤恳的语气。就是敷陈时事之作,也似乎只知直陈,不知忌讳:他似乎以为与其用峻刻的讽刺致伤忠厚,毋宁取憨直的指斥以全愚诚。你看他那《三绝句》的最后一绝:

殿前兵马虽骁雄,纵暴略与羌浑同。闻道杀人汉水上,妇女多在官军中。

这样的诗,若在我们现在军阀的治下发表,恐怕至少就该枪毙罢。而他在当时君主专制的威严底下,居然敢如此的直说,我们真不能不佩服他的勇气。至于向来诗人所采用的婉讽法,他似乎是不甚赞成的:他那《丽人行》里的"慎莫近前丞相瞋"一句,怕要算他生平最俏皮的一句话了。

---

[1] 例如《哀江头》《哀王孙》等诗。
[2] 最好的例,如《梦李白二首》。
[3] 最好的例,如《北征》。
[4] 例如《得舍弟观书》。
[5] 例如《石壕吏》。
[6] 例如《寄题江外草堂》。

以上两个人格的特点——同情和忠实——差不多已经构成他的诗的伟大的全部,因为诗的伟大,究竟还是靠着作者的人格的。

若从纯粹艺术的观点来论他,自来的批评家已有不少样子的观察。宋朝的严沧浪道:

> 少陵诗宪章汉、魏,而取材于六朝;至其自得之妙,则前辈所谓集大成者也。①

秦淮海取前说详言之道:

> 杜子美之于诗,实积众家之长,适当其时而已。格穷苏、李之高妙,气埒曹、刘之豪逸,趣包陶、阮之冲淡,姿兼鲍、谢之峻洁,态备徐、庾之藻丽:拟诸孔子集清任和之大成,信乎!

《新唐书》本传赞祖述元稹的评语道:

> 逮开元间,稍裁以雅正,然恃华者质反,好丽者壮违:人得一概,皆自名所长。至甫,浑涵汪茫,千

---

① 见《沧浪诗话》。

汇万状，兼古今而有之；它人不足，甫乃厌余；残膏剩馥，沾丐后人多矣。故元稹谓"诗人以来，未有如子美者"。甫又善陈时事，律切精深，至千言不少衰，世号"诗史"。

亦承认他的集大成，而又赞其本身的诗才之浩大宏富。至清代的赵翼，则又进一步，而揭出他的"真本领"的所在。他说：

> 宋子京《唐书·杜甫传赞》谓其诗"浑涵汪茫，千汇万状，兼古今而有之"，大概就其气体而言。此外如荆公、东坡、山谷等，各就一首一句叹以为不可及，皆未说着少陵之真本领也。其真本领仍在少陵诗中"语不惊人死不休"一句；盖其思力沉厚，他人不过说到七八分者，少陵必说到十分，甚至有十二三分者；其笔力之豪劲，又足以副其才思之所至，故深入无浅语。①

他这样标出"思力沉厚"和"笔力豪劲"两点来说明杜诗的"真本领"，确乎是很有见地。因为我们总都承认杜甫的艺术是近代批评家所谓写实派的艺术。写实派的大本领，须不但能够观察"物"的外象，而并须能够看进"物"的本真；要能够看

---

① 见《瓯北诗话》。

进物的本真,就须具有一种深入的洞见(insight),这就是所谓"思力沉厚"了。例如"三吏""三别"等篇,都是描写当时民间不胜战争的苦楚的,而他能从一家一人身上见出战争的真意,这非具有沉厚的思力断乎办不到的。但若单有洞见而不能将所洞见的如实描写得出来,那也仍旧枉然;故凡成功的写实派,又必兼具一种强劲的表现力(power of expression),这就是所谓"笔力之豪劲"了。杜甫的表现力决不是寻常的诗人及得来的;只看《北征》篇描写与家人见面时一段悲惨的情景,将妻子的号咷,儿女的狼狈,一一都使它活现在纸上,岂是没有真本领的作家办得到的?

不过这两种元素——深刻的洞见和强劲的表现力——是凡成功的诗人所同具的,尚不足为杜甫诗所以伟大的特别原因。我们若是彻底寻究杜诗的特征,大约可得下列三点:

(一)杜甫的诗境,曾向政治、历史、社会方面特别开拓。以政治、历史、社会为诗的题材,原不是杜甫开创的;但是《三百篇》以后的诗人,大都只把这个境界当做一小部分题材的泉源,不像杜甫竟将它当做一生著述的主要题目。他能将政治诗化,将历史诗化,将经世的策论诗化,将人物的评论诗化——就此点而论,中国直到现在的诗人,未有如杜甫者。

(二)杜甫对于诗的形式,曾有一种新的工夫,新的试验,新的发展。他的诗的大部分,虽仍采用普通的格律,但他在格律的束缚之中,仍旧能够自由活动;又如《秋兴八首》,以各别的律向自成一个有机组织的,也是前人所不曾有过的体制。至于古体,前人和他同代的诗人,总都有许多模拟古乐府的作品,并题目也完全袭用;他独能打破这种习惯,无论题目格调,都由自己独创——这又是他的特征之一。

(三)杜甫是以诗为终身事业的。他原是一个热心功名的人,但他并不只把诗当作余事:他是认诗为天职的;他无论处怎样的境遇,都无不努力作诗——他可说是献身于诗的。这样的精神,也决不是寻常诗人所能及的。

至于充满着他诗中的那种忠君思想,或者要为近代的读者所不喜:近代读者或者要嫌他的思想太狭窄,以为不能像别的诗人那样旷达、豪放。这大概由于缺乏时代观念所致。我们应该晓得:我们若是误把他这种忠君思想认为凡伟大的诗所必不可少的元素,这就是犯时代错误;但若因他的诗充满着忠君思想,而即认为无价值,也一样的犯时代错误。

傅东华

一九二七年一月

游龙门奉先寺[①]

已从招提游[②],更宿招提境。阴壑生虚籁[③],月林散清影。天阙象纬逼[④],云卧衣裳冷。欲觉闻晨钟,令人发深省。

望岳[⑤]

岱宗夫如何[⑥]?齐鲁青未了[⑦]。造化钟神秀,阴阳割昏晓[⑧]。荡胸生曾云[⑨],决眦入归鸟[⑩]。会当凌绝

[①] 龙门,山名,即伊阙,在今河南洛阳市南。
[②] 招提,私造寺院。《唐会要》:官赐额为寺,私造者为招提兰若。《僧辉记》:"招提者,梵音拓斗提奢,唐言四方僧物。后人传写,以'拓'为'招',又省'斗''奢'二字,止称招提,即今十方住持寺院也。"
[③] 虚籁,谓风。谢庄《月赋》:"声林虚籁。"
[④] 天阙,即龙门。韦述《东都记》:"龙门号'双阙',以与大内对峙,若天阙然。"象纬,星也。逼,言山之高,仰视星辰若逼近也。
[⑤] 岳,谓泰山。
[⑥] 岱宗,泰山之别名。《元和郡县志》:"泰山一名岱宗。"
[⑦] 齐鲁,《史记·货殖列传》:"泰山之阳则鲁,其阴则齐。"
[⑧] 山北为阴,日光不到,故易昏;山南为阳,日光先临,故易晓。割,分。
[⑨] 曾,通"层"。
[⑩] 决,裂。眦,目眶。言登览之远,撼决其目力入归鸟之群也。

顶，一览众山小。

赠李白

秋来相顾尚飘蓬，未就丹砂愧葛洪①。痛饮狂歌空度日，飞扬跋扈为谁雄②？

陪李北海宴历下亭③

东藩驻皂盖④，北渚凌青荷。海内此亭古，济南名士多⑤。云山已发兴，玉佩仍当歌。修竹不受暑，交流空涌波⑥。蕴真惬所遇⑦，落日将如何！贵贱俱物

---

① 《晋书·葛洪传》："（葛洪）闻交趾出丹，求为勾漏令。……至广州，……止罗浮山炼丹。"
② 飞扬跋扈，形容不受拘束。李白性倜傥，好纵横术，少喜弄剑任侠，尝手刃数人，故作者以飞扬跋扈目之。
③ 李北海，李邕。邕以天宝初为汲郡、北海太守。北海郡即青州，唐属河南道，故城在今山东青州市。历下亭在今山东济南市，以历山得名。
④ 北海郡在京师之东，故曰东藩。《后汉书·舆服志》：太守二千石则皆皂盖、朱两幡。
⑤ 原注："时，邑人蹇处士等在坐。"历城在济水之南，故曰济南。
⑥ 交流，即历水。《三齐记》："历水出历祠下，众源竞发，与泺水同入鹊山湖，所谓交流也。"
⑦ 蕴真，谓蕴藏真趣。

役，从公难重过①。

赠李白

二年客东都②，所历厌机巧。野人对膻腥，蔬食常不饱③。岂无青精饭④，使我颜色好？苦乏大药资⑤，山林迹如扫。李侯金闺彦⑥，脱身事幽讨⑦。亦有梁宋游⑧，方期拾瑶草⑨。

---

① 重，chóng，再。言后会无期。
② 东都，洛阳。
③ 草食曰膻，牛羊之属；水族曰腥，鱼鳖之属。言腥膻非己所堪，宁不饱其蔬食，盖恶机巧而思去之。
④ 《图经本草》引《陶隐居登真隐诀》：采南烛枝叶，捣汁浸米，蒸饭曝干，坚而色碧，道家谓之青精饭，久服益颜延寿。
⑤ 大药，道家服食以成仙之金丹。《丹书》引《抱阳山人大药证》："夫大药者，须炼砂中汞，能取铅里金；黄芽为根底，水火炼功深。"
⑥ 金闺，金马门。彦，美士。李白尝供奉翰林，故云。江淹《别赋》："金闺之诸彦。"
⑦ 幽讨，犹言寻幽访道。
⑧ 梁、宋故国，为今河南北部之地。按：李白以天宝初入翰林，旋赐金放还，游海岱间，至洛阳，而游梁最久。
⑨ 拾瑶草，喻求仙。瑶草即玉芝，道家以为服之可得仙。

高都护骢马行

安西都护胡青骢①,声价欻然来向东②。此马临阵久无敌,与人一心成大功。功成惠养随所致,飘飘远自流沙至③。雄姿未受伏枥恩,猛气犹思战场利。腕促蹄高如踣铁④,交河几蹴曾冰裂⑤。五花散作云满身⑥,万里方看汗流血⑦。长安壮儿不敢骑,走过掣电倾城知。青丝络头为君老⑧,何由却出横门道⑨?

---

① 《旧唐书》:贞观十七年,置安西都护府,于阗以西波斯以东十六都督府隶焉。
② 欻,xū,忽然。
③ 流沙,古时沙漠之称。《天马歌》:"天马来,从西极,涉流沙。"
④ 踣,bó。踣铁,言马蹄之坚。《相马经》:"马腕欲促,促则健;蹄欲高,高耐险峻。"
⑤ 交河,唐郡名,故城在今新疆吐鲁番市西二十里。
⑥ 五花,马毛色。
⑦ 《汉书·武帝纪》应劭注:"大宛旧有天马种,蹋石汗血,汗从前肩髆出,如血。"
⑧ 古乐府《艳歌罗敷行》:"青丝系马尾,黄金络马头。"
⑨ 横门,长安城门名。《三辅黄图》:"长安城北出西头第一门曰横门。"程大昌《雍录》:"自横门渡渭而西,即是趋西域之路。"

杜甫诗

饮中八仙歌 ①

知章骑马似乘船②,眼花落井水底眠。汝阳三斗始朝天③,道逢麴车口流涎,恨不移封向酒泉④。左相日兴费万钱,饮如长鲸吸百川,衔杯乐圣称世贤⑤。宗之潇洒美少年⑥,举觞白眼望青天,皎如玉树临风前。苏晋长斋绣佛前⑦,醉中往往爱逃禅⑧。李白一斗

---

① 李阳冰《草堂集序》:"(李白)出入翰林中。……害能成谤,格言不入,帝用疏之。公乃浪迹纵酒,以自昏秽。……又与贺知章、崔宗之等自为八仙之游。"范传正《唐左拾遗翰林学士李公新墓碑》:"在长安时,……时人又以公及贺监、汝阳王、崔宗之、裴周南等八人为酒中八仙。"按:此诗所咏八仙之数,有苏晋而无裴周南,且苏晋以开元二十二年卒,时间上亦不符矣。
② 《旧唐书·贺知章传》:贺知章,会稽永兴人,性放旷,晚年尤纵诞,无复规检,自号四明狂客,又称秘书外监。天宝三载,上疏请度为道士。
③ 汝阳,李琎,让皇帝(玄宗之兄李宪)长子,封汝阳郡王,与贺知章、褚庭诲为诗酒之交。
④ 《三秦记》:"酒泉郡城下有金泉,泉味如酒,故名酒泉。"
⑤ 左相谓李适之。《旧唐书·李适之传》:适之雅好宾客,饮酒一斗不乱。天宝元年为左丞相。五载罢,赋诗云:"避贤初罢相,乐圣且衔杯。"
⑥ 崔宗之,日用之子,袭封齐国公,为侍御史,谪金陵,与李白诗酒唱和。
⑦ 《旧唐书·苏晋传》:苏晋,珦之子,数岁知文,历官户、吏两部侍郎,终太子左庶子。
⑧ 王嗣奭云:"醉酒而悖其教,故曰逃禅。"

诗百篇,长安市上酒家眠,天子呼来不上船,自称臣是酒中仙①。张旭三杯草圣传,脱帽露顶王公前,挥毫落纸如云烟②。焦遂五斗方卓然③,高谈雄辩惊四筵。

今夕行

今夕何夕岁云徂,更长烛明不可孤。咸阳客舍一事无④,相与博塞为欢娱⑤。冯陵大叫呼五白⑥,袒跣不肯成枭卢⑦。英雄有时亦如此,邂逅岂即非良图?君莫笑,刘毅从来布衣愿,家无儋石输百万⑧。

---

① 范传正《唐左拾遗翰林学士李公新墓碑》:"(明皇)泛白莲池,公不在宴。皇欢既洽,召公作序。时公已被酒于翰苑中,仍命高将军扶以登舟。"
② 《旧唐书·贺知章传》:吴郡张旭与贺知章相善。旭善草书而好酒,每醉后号呼狂走,索书挥洒,变化无穷,若有神助。
③ 袁郊《甘泽谣》:陶岘开元中家于崐山,自制三舟,客有前进士孟彦深、进士孟云卿、布衣焦遂,共载游山水。
④ 咸阳故城在今陕西西安市长安区东。
⑤ 博塞,同"簿塞",局戏。《庄子·骈拇》:"问谷奚事,则博塞以游。"
⑥ 冯,píng。冯陵,意气昂扬貌。呼五白,《楚辞·招魂》:"成枭而牟,呼五白些。"王逸注云:"五白,簿齿也。"
⑦ 枭、卢,皆贵采。《名义考》:"箸,篦也,今名骰子。……以五木为篦,有枭、卢、雉、犊、塞五者,为胜负之采。"
⑧ 《南史·宋本纪》:"刘毅家无儋石之储,摴蒱一掷百万。"

杜甫诗

奉赠韦左丞丈二十二韵①

纨绔不饿死②,儒冠多误身。丈人试静听,贱子请具陈。甫昔少年日,早充观国宾③。读书破万卷,下笔如有神。赋料扬雄敌④,诗看子建亲⑤。李邕求识面⑥,王翰愿卜邻⑦。自谓颇挺出,立登要路津。致君尧舜上,再使风俗淳。此意竟萧条,行歌非隐沦⑧。骑驴三十载,旅食京华春。朝扣富儿门,暮随肥马尘。

---

① 韦左丞,韦济。《旧唐书·韦济传》:"天宝七载,又为河南尹,迁尚书左丞。"《奉寄河南韦尹丈人》诗原注云:"甫故庐在偃师,承韦公频有访问。"
② 纨绔,《汉书·班伯传》:"在于绮襦纨绔之间。"注:"纨,素也;绮,今细绫也;并贵戚子弟之服。"
③ 观国宾,指居近得位。《易经》:"观国之光,利用宾于王。"按:黄鹤《年谱》:开元二十二年,游吴越,归赴乡举,《上韦左丞诗》云云,是年方二十三岁。
④ 《汉书·扬雄传》:汉扬雄,字子云,长于词赋。成帝时,召对承明庭,奏《甘泉》《河东》《长扬》《羽猎》四赋。
⑤ 《三国志·魏书·曹植传》:三国魏曹植,字子建,文才富艳,谢灵运极推重之。所著诗文有《曹子建集》,凡十卷。
⑥ 《新唐书·杜甫传》:"(杜甫)少贫不自振,客吴越、齐赵间,李邕奇其材,先往见之。"
⑦ 《新唐书·王翰传》:王翰,并州晋阳人,及进士第。张说辅政,召为秘书正字,终道州司马。
⑧ 桓谭《新论》:"天下神人五:一曰神仙,二曰隐沦。"

残杯与冷炙,到处潜悲辛。主上顷见征[1],欻然欲求伸[2]。青冥却垂翅[3],蹭蹬无纵鳞[4]。甚愧丈人厚,甚知丈人真。每于百寮上,猥诵佳句新。窃效贡公喜[5],难甘原宪贫[6]。焉能心怏怏?只是走踆踆[7]。今欲东入海,即将西去秦。尚怜终南山[8],回首清渭滨[9]。常拟报一饭,况怀辞大臣。白鸥没浩荡,万里谁能驯?

送孔巢父谢病归游江东兼呈李白[10]

巢父掉头不肯住,东将入海随烟雾。诗卷长留

---

[1] 据黄鹤《年谱》:天宝六载,诏天下有一艺,诣毂下;李林甫命尚书省皆下之,公应诏而退。
[2] 欻,xū,忽然。
[3] 垂翅,喻失意。王通《东征赋》:"道之不行兮,垂翅东归。"
[4] 蹭蹬,失势貌。纵鳞,犹言奋鳞,振鳞。
[5] 贡公,贡禹,汉琅邪人,与王吉为友。刘峻《广绝交论》:"王阳登则贡公喜。"吉字子阳,故曰王阳。
[6] 《史记·仲尼弟子列传》:原宪,春秋时宋人,孔子弟子,家贫,匡坐而弦歌。子贡往见之,曰:"嘻,何病?"原宪曰:"今宪贫也,非病也。"
[7] 踆,qūn。踆踆,却退貌。
[8] 终南山在长安南。怜,言不忍去之。
[9] 渭水在长安北,渭清而泾浊,故曰清渭。
[10] 孔巢父,字弱翁,冀州人。早勤文史,少与李白、裴政、韩准、张叔明、陶沔隐于徂徕山,酣歌纵酒,号"竹溪六逸"。永王璘赴江淮,闻其贤,以从事辟之。巢父察其必败,侧身潜遁,由是知名。兴元元年于河中遇害。

天地间,钓竿欲拂珊瑚树①。深山大泽龙蛇远②,春寒野阴风景暮。蓬莱织女回云车,指点虚无是征路。自是君身有仙骨,世人那得知其故?惜君只欲苦死留,富贵何如草头露?蔡侯静者意有余③,清夜置酒临前除④。罢琴惆怅月照席,几岁寄我空中书?南寻禹穴见李白⑤,道甫问信今何如?

兵车行

车辚辚,马萧萧,行人弓箭各在腰。耶娘妻子走相送,尘埃不见咸阳桥⑥。牵衣顿足拦道哭,哭声直上干云霄。道傍过者问行人,行人但云点行频。或从十五北防河⑦,便至四十西营田⑧。去时里正与裹

---

① 珊瑚树生海底,故曰拂。
② 《左传》:"深山大泽,实生龙蛇。"
③ 蔡侯,当是设饯之主人。
④ 门屏之间曰除。校订者按:除,当指台阶。
⑤ 禹穴,在会稽,相传为禹所葬之地。
⑥ 咸阳桥即中渭桥。《长安志》:中渭桥在咸阳东南二十里,贯渭水上。
⑦ 开元中,吐蕃侵扰河右,以陇右、河西、关中等处兵十余万防之,故曰防河。
⑧ 《新唐书·食货志》:唐开军府以捍要冲,因隙地以置营田,有警则以军若夫千人助役。

头,归来头白还戍边。边亭流血成海水,武皇开边意未已①。君不闻?汉家山东二百州②,千村万落生荆杞。纵有健妇把锄犁,禾生陇亩无东西。况复秦兵耐苦战,被驱不异犬与鸡。长者虽有问,役夫敢伸恨?且如今年冬,未休关西卒③。县官急索租,租税从何出?信知生男恶,反是生女好。生女犹得嫁比邻,生男埋没随百草。君不见?青海头④,古来白骨无人收。新鬼烦冤旧鬼哭,天阴雨湿声啾啾。

病后过王倚饮赠歌

麟角凤觜世莫识,煎胶续弦奇自见⑤。尚看王

---

① 唐人诗称明皇多云武皇。王昌龄《青楼曲》诗:"白马金鞍从武皇。"
② 山东,谓太行山以东之地。《十道四蕃志》:"关以东七道,凡二百一十一州。"校订者按:山东,当谓崤山以东之地。
③ 《资治通鉴》:"(天宝九载十二月)关西游奕使王难得击吐蕃。克五桥,拔树敦城。"此云"今年冬",或即指此。
④ 《旧唐书·吐谷浑传》:"(吐谷浑)有青海,周回八百里。"按:此青海系指今青海省境内之大湖而言。
⑤ 《十洲记》:凤麟洲在西海之中央,洲上多专凤麟,仙家煮凤喙及麟角,合煎作胶,名之为集弦胶,或名连金泥,以能连弓弩断弦也,剑折亦以胶连之。此喻王生以美馔愈疾,如仙胶之续绝弦。

生抱此怀,在于甫也何由羡①?且过王生慰畴昔②,素知贱子甘贫贱。酷见冻馁不足耻③,多病沉年苦无健④。王生怪我颜色恶,答云伏枕艰难遍。疟疠三秋孰可忍?寒热百日相交战。头白眼暗坐有胝⑤,肉黄皮皱命如线。惟生哀我未平复,为我力致美肴膳。遣人向市赊香粳,唤妇出房亲自馔。长安冬菹酸且绿⑥,金城土酥静如练⑦。兼求畜豪且割鲜⑧,密沽斗酒谐终宴。故人情义晚谁似?令我手脚轻欲旋。老马为驹信不虚⑨,当时得意况深眷。但使残年饱吃饭,只愿无事常相见!

---

① 言王生怀麟角凤觜之奇,因而自愧其无可羡也。
② 慰畴昔,言慰己宿愿。畴昔,从前。
③ 酷见,犹云惨逢也。
④ 沉年,终年。
⑤ 胝,zhī,坐久皮厚也。
⑥ 菹,zū,酢菜,俗谓之盐菜;与"齑"义同:细切曰齑,全物曰菹。
⑦ 酥,sū,酪属,以牛羊乳为之。《西河旧事》:"祁连山在张掖、酒泉二郡界之上,牛羊充肥,乳酪酰好。……作酥特好。"金城塞在酒泉郡(今甘肃酒泉市境),故曰金城土酥。
⑧ 畜豪,即豪猪,亦名箭猪。
⑨ 《诗·小雅·角弓》:"老马反为驹,不顾其后。"注:"已老矣,而孩童慢之。"此言王生情义之厚,不以老而慢我。

示从孙济①

平明跨驴出,未知适谁门。权门多噂沓②,且复寻诸孙。诸孙贫无事,宅舍如荒村。堂前自生竹,堂后自生萱③。萱草秋已死,竹枝霜不蕃④。淘米少汲水,汲多井水浑。刈葵莫放手⑤,放手伤葵根⑥。阿翁懒惰久,觉儿行步奔。所来为宗族,亦不为盘飧。小人利口实⑦,薄俗难可论。勿受外嫌猜⑧,同姓古所敦。

---

① 杜济,字应物,杜预十四代孙,东川节度使兼京兆尹。
② 噂沓,zǔntà,又作"噂沓",聚语貌。《诗·小雅·十月之交》:"噂沓背憎。"《笺》云:"噂噂沓沓,相对谈语,背则相憎逐。"
③ 萱,多年生草,一名忘忧,叶似菖蒲而柔狭。
④ 蕃,茂盛。
⑤ 葵,蔬类植物。古诗:"采葵莫伤根,伤根葵不生。结交莫羞贫,羞贫交不成。"
⑥ 放手,犹言松手。李刘《贺黄运使除总领》启:"数进忠规,刈葵惟恐其放手。"
⑦ 口实,犹俗言话柄。《尚书·仲虺之诰》:"予恐来世以台为口实。"
⑧ 外嫌猜,谓外人嫌疑而生猜忌。

杜甫诗

乐游园歌 ①

乐游古园崒森爽②,烟绵碧草萋萋长。公子华筵势最高,秦川对酒平如掌③。长生木瓢示真率④,更调鞍马狂欢赏。青春波浪芙蓉园⑤,白日雷霆夹城仗⑥。阊阖晴开昳荡荡⑦,曲江翠幕排银榜⑧。拂气低回舞袖翻,缘云清切歌声上。却忆年年人醉时,只今未醉已先悲。数茎白发那抛得?百罚深杯亦不辞。圣朝

---

① 原注:"晦日贺兰杨长史筵醉中作。"《长安志》:乐游原在万年县(明清为陕西咸宁县,今并入西安市)南八里。《汉书·宣帝纪》:神爵三年(公元59年),起乐游苑。晦日,阴历月末。唐贞元四年,敕正月晦日文武百僚赐钱以充宴会。
② 崒,通"萃",聚集。
③ 《三秦记》:"长安正南秦岭,岭根水流为秦川。"按:此秦川指秦地。《读史方舆纪要》:陕西谓之秦川。沈佺期《长安道》诗:"秦地平如掌。"
④ 瓢,盛酒器。以长生木为之,故曰长生木瓢。
⑤ 《雍录》:"曲江(在西安市长安区东南)之北又为乐游原及乐游苑及汉宣帝乐游庙也。庙至唐世,基迹尚存,与唐之曲江芙蓉园、芙蓉池皆并也。"
⑥ 《旧唐书·玄宗纪》:开元二十年,筑夹城至芙蓉园。仗,仗仪,指兵卫。
⑦ 阊阖,天门,此指宫门。昳,dié,通"詄"。汉《郊祀歌》:"天门开,詄荡荡。"如淳曰:"詄荡荡,天体坚清之状也。"
⑧ 银榜,宫墙上之银牌。张正见《游匡山简寂馆》诗:"银榜映仙宫。"

亦知贱士丑，一物自荷皇天慈①。此身饮罢无归处，独立苍茫自咏诗。

曲江三章章五句

曲江萧条秋气高，菱荷枯折随风涛，游子空嗟垂二毛②。白石素沙亦相荡，哀鸿独叫求其曹。

即事非今亦非古③，长歌激越梢林莽④，比屋豪华固难数。吾人甘作心似灰，弟侄何伤泪如雨？

自断此生休问天⑤，杜曲幸有桑麻田⑥，故将移住南山边。短衣匹马随李广，看射猛虎终残年⑦。

---

① 一物，指酒，犹陶公云"杯中物"：谓朝已见弃，而天犹见怜，假以一饮之缘。（仇兆鳌说。）
② 二毛，《左传》："不禽二毛。"注："头白有二色。"
③ 即事，就现前之事物言。陶渊明《癸卯岁始春怀古田舍》诗："即事多所欣。"
④ 梢，通"捎"，拂。林莽，草木深邃处。《汉书·扬雄传》："罗千乘于林莽。"
⑤ 问天，《楚辞·天问》序："《天问》者，屈原之所作也。何不言问天？天尊不可问。"
⑥ 杜曲，在今陕西西安市南。《雍录》：樊川韦曲东有南杜、北杜，杜固谓之南杜，杜曲谓之北杜。
⑦ 射猛虎，《汉书·李广传》：汉李广屏居蓝田南山中，射猎见草中石，以为虎而射之，中石没矢，视之，石也。广所居郡闻有虎，常自射之。

白丝行

缫丝须长不须白,越罗蜀锦金粟尺①。象床玉手乱殷红,万草千花动凝碧②。已悲素质随时染,裂下鸣机色相射。美人细意熨帖平,裁缝灭尽针线迹。春天衣着为君舞,蛱蝶飞来黄鹂语。落絮游丝亦有情③,随风照日宜轻举。香汗轻尘污颜色,开新合故置何许④?君不见?才士汲引难,恐惧弃捐忍羁旅。

贫交行

翻手作云覆手雨⑤,纷纷轻薄何须数?君不见?管鲍贫时交⑥,此道今人弃如土。

---

① 富贵家尺以金粟饰之,故曰金粟尺。
② 象床,象牙所为床。殷红,深红。凝碧,深碧。言丝织为罗、锦,遂有殷红、凝碧之色,故曰不须白。
③ 游丝,谓柳丝。
④ 衣裳在笥,故有开合。
⑤ 云雨无恒,喻人之相交翻覆无定。
⑥ 春秋时鲍叔牙与管仲相友善。管仲尝曰:"生我者父母,知我者鲍子。"故后世之言友谊,必讲"管鲍"。

前出塞九首①

戚戚去故里,悠悠赴交河。公家有程期②,亡命婴祸罗③。君已富土境,开边一何多?弃绝父母恩,吞声行负戈。

出门日已远,不受徒旅欺。骨肉恩岂断?男儿死无时。走马脱辔头,手中挑青丝。捷下万仞冈,俯身试搴旗。

磨刀呜咽水④,水赤刃伤手。欲轻肠断声,心绪乱已久。丈夫誓许国,愤惋复何有?功名图麒麟⑤,战骨当速朽。

送徒既有长⑥,远戍亦有身。生死向前去,不劳

---

① 《晋书·乐志》:《出塞》《入塞》曲,李延年造。天宝末,哥舒翰贪功于吐蕃,乃征秦、陇之兵赴交河。此诗即为此而作。
② 程期,谓程限期会。
③ 婴,触。祸罗,灾祸网罗。
④ 呜咽水,谓陇水。《三秦记》引俗歌:"陇头流水,鸣声幽咽;遥望秦川,肝肠断绝。"
⑤ 麒麟,阁名,汉时图画功臣于此阁。《汉书·苏武传》:甘露三年,图画霍光等一十八人于麒麟阁。
⑥ 长,谓遣送徒役之官吏。

吏怒瞋。路逢相识人，附书与六亲①。哀哉两决绝，不复同苦辛！

迢迢万余里，领我赴三军。军中异苦乐，主将宁尽闻？隔河见胡骑，倏忽数百群。我始为奴仆，几时树功勋？

挽弓当挽强，用箭当用长。射人先射马，擒贼先擒王。杀人亦有限，列国自有疆。苟能制侵陵，岂在多杀伤？

驱马天雨雪，军行入高山。径危抱寒石，指落曾冰间。已去汉月远，何时筑城还？浮云暮南征，可望不可攀。

单于寇我垒②，百里风尘昏。雄剑四五动③，彼军为我奔。掳其名王归④，系颈授辕门。潜身备行列，一胜何足论？

从军十年余，能无分寸功？众人贵苟得⑤，欲语

---

① 六亲，谓父、母、兄、弟、妻、子。
② 单于，chányú，匈奴君长之称。
③ 雄剑，《烈士传》：楚王命镆铘铸双剑。铘留雄，而以雌进。
④ 名王，《汉书·匈奴传》："虏名王贵人以百数。"注："名王者，谓有大名，以别诸小王也。"
⑤ 贵苟得，《荀子·不苟》："名不贵苟得。"

羞雷同。中原有斗争，况在狄与戎？丈夫四方志，安可辞固穷①？

叹庭前甘菊花

庭前甘菊移时晚②，青蕊重阳不堪摘。明日萧条醉尽醒，残花烂漫开何益？篱边野外多众芳，采撷细琐升中堂。念兹空长大枝叶，结根失所缠风霜③。

醉时歌④

诸公衮衮登台省⑤，广文先生官独冷。甲第纷纷厌粱肉，广文先生饭不足。先生有道出羲皇，先生有才过屈宋。德尊一代常坎𡒄⑥，名垂万古知何用？

---

① 固穷，《论语·卫灵公》："君子固穷，小人穷，斯滥矣。"
② 移时晚，谓移植已晚矣。
③ 谓野花细琐，反得升中堂；此花空有大枝叶，乃以结根失所而致缠于风霜。
④ 原注："赠广文馆博士郑虔。"《新唐书·郑虔传》："玄宗爱其才，欲置左右，以不事事，更为置广文馆，以虔为博士。……在官贫约，甚澹如也。"
⑤ 台省，唐制，御史台、中书省、尚书省、门下省，皆清要之职。
⑥ 坎𡒄，同"轗轲"，不平。《楚辞·七谏》："年既已过太半兮，然坎𡒄而留滞。"

杜陵野客人更嗤①，被褐短窄鬓如丝。日籴太仓五升米②，时赴郑老同襟期。得钱即相觅，沽酒不复疑。忘形到尔汝，痛饮真吾师。清夜沉沉动春酌，灯前细雨檐花落。但觉高歌有鬼神，焉知饿死填沟壑？相如逸才亲涤器③，子云识字终投阁④。先生早赋《归去来》⑤，石田茅屋荒苍苔。儒术于我何有哉？孔丘盗跖俱尘埃。不须闻此意惨怆，生前相遇且衔杯。

醉歌行⑥

陆机二十作《文赋》⑦，汝更小年能缀文。总角草书又神速⑧，世上儿子徒纷纷。骅骝作驹已汗血，

---

① 杜陵，在长安南五十里，杜甫尝居之。杜陵野客，作者自谓。
② 《旧唐书·玄宗纪》：天宝十二载八月，京师零雨，米贵，出太仓米十万减价售与穷人。
③ 《汉书·司马相如传》：汉司马相如既还蜀，令文君当垆，而亲自涤器于市中。
④ 《汉书·扬雄传》：汉扬雄字子云，尝校书于天禄阁。
⑤ 《归去来》，晋陶渊明作《归去来兮辞》。
⑥ 原注："别从侄勤落第归。"
⑦ 臧荣绪《晋书》：晋陆机年二十而退临旧里，心识文体，故作《文赋》。
⑧ 总角，男子未冠之称，谓总聚其发而结束之，指未成年。

鸷鸟举翮连青云①。词源倒流三峡水②，笔阵独扫千人军。只今年才十六七，射策君门期第一③。旧穿杨叶真自知，暂蹶霜蹄未为失。偶然擢秀非难取，会是排风有毛质。汝身已见唾成珠④，汝伯何由发如漆？春光淡沲秦东亭⑤，渚蒲芽白水荇青⑥。风吹客衣日杲杲，树搅离思花冥冥。酒尽沙头双玉瓶，众宾皆醉我独醒。乃知贫贱别更苦，吞声踯躅涕泪零。

丽人行⑦

三月三日天气新，长安水边多丽人⑧。态浓意远

---

① 连，至。杜甫诗尝用之，如"一去紫台连朔漠""鸿雁影来连峡内"是也。
② 三峡，在川、楚间大江中，即瞿塘峡、巫峡、西陵峡，长七百里，两岸连山，绝无断处，江水为峡所束缚，滩多水急，舟行极险。此云"倒流三峡水"，极喻词源之旺。
③ 射策，为问难疑义，书之于策，量其大小，署为甲乙之科。
④ 赵壹《疾邪赋》："咳唾自成珠。"
⑤ 沲，duò。淡沲，一作"潭沲"，犹淡荡也。富嘉谟《明冰篇》诗："春光潭沲度千门。"
⑥ 蒲、荇，皆水中草；蒲始生有芽而白，荇在水而青。
⑦ 朱注："此刺诸杨游宴曲江也。"
⑧ 《旧唐书·玄宗杨贵妃传》："玄宗每年十月幸华清宫，国忠姊妹五家扈从。每家为一队，着一色衣；五家合队，照映如百花之焕发。而遗钿坠舄，瑟瑟珠翠，灿烂芳馥于路。而国忠私于虢国而不避《雄狐》之刺，每入朝，或联镳方驾，不施帷幔。每三朝庆贺，五鼓待漏，靓装盈巷，蜡炬如昼。"幸华清事如此，度上巳修禊，亦必尔也。

淑且真,肌理细腻骨肉匀①。绣罗衣裳照暮春,蹙金孔雀银麒麟②。头上何所有?翠为㙷叶垂鬓唇③。背后何所见?珠压腰衱稳称身④。就中云幕椒房亲⑤,赐名大国虢与秦⑥。紫驼之峰出翠釜⑦,水精之盘行素鳞。犀箸厌饫久未下⑧,銮刀缕切空纷纶⑨。黄门飞鞚不动尘⑩,御厨络绎送八珍⑪。箫鼓哀吟感鬼神,宾从杂遝

---

① 肌理,皮肤。腻,滑。《楚辞·招魂》:"靡颜腻理。"
② 蹙金,谓以金线绣衣,其纹绉缩者。
③ 㙷,è。《玉篇》:"㙷彩,妇人头花髻饰也。"翠为㙷叶,言以翡翠为㙷彩之叶。
④ 衱,jié。腰衱,裙腰,以珠缀之,故曰珠压腰衱。
⑤ 云幕、椒房,皆后宫之称。《西京杂记》:"成帝设云帐、云幄、云幕于甘泉紫殿,世谓三云殿。"《三辅黄图》:"椒房殿在未央宫,以椒和泥涂。"
⑥ 《旧唐书·玄宗杨贵妃传》:"(太真)有姊三人,皆有才貌,玄宗并封'国夫人'之号;长曰大姨,封韩国;三姨,封虢国;八姨,封秦国。"天宝七载,幸华清宫,同日拜命。
⑦ 驼峰,食品。《酉阳杂俎》:"今衣冠家名食,……将军曲良翰能为驴骏驼峰炙。"
⑧ 犀箸,犀角之箸。《酉阳杂俎》:明皇恩宠禄山,所赐之物,"有……犀头匙箸"。
⑨ 銮刀,刀环有铃者。潘岳《西征赋》:"饔人缕切,銮刀若飞。"
⑩ 《明皇杂录》:"虢国每入禁中,常乘骢马,使小黄门御。"黄门,谓阉人在禁中给事者。鞚,马勒。
⑪ 《新唐书·杨贵妃传》:"帝所得奇珍及贡献分赐之,使者相衔于道,五家如一。"

实要津。后来鞍马何逡巡!当轩下马入锦茵。杨花雪落覆白蘋①,青鸟飞去衔红巾②。炙手可热势绝伦③,慎莫近前丞相瞋④!

陪李金吾花下饮

胜地初相引,徐行得自娱。见轻吹鸟毳⑤,随意数花须。细草偏称坐⑥,香醪懒再沽。醉归应犯夜⑦,可怕李金吾⑧!

---

① 《乐府诗集》:"(杨华)有勇力,容貌雄伟,魏胡太后逼通之。华惧及祸,乃率其部曲来降(于梁)。胡太后追思之不能已,为作《杨白华歌》。"其词曰:"杨花飘荡落南家。"又曰:"愿衔杨花入窠里。"此句杨花,盖用其事,隐寓刺意。又《广雅疏证》引俗语:"杨花落水,经宿为萍。"《尔雅翼》:"萍有三种,大者名蘋。"
② 此亦隐语。《山海经》:"三危之山,三青鸟居之。"注:"三青鸟,主为西王母取食者。"沈约《华阳先生登楼不复下赠呈》诗:"衔书必青鸟。"王勃《落花篇》:"罗袂红巾复往还。"
③ 炙手可热,喻势焰薰灼。《唐语林》:会昌中语曰"郑杨段薛,炙手可热。"盖唐时长安市语如此。
④ 丞相,谓杨国忠,国忠与虢国夫人乱,故有"丞相瞋"之语。
⑤ 毳,cuì,鸟的细毛。
⑥ 称,chēng。偏称坐,言偏宜于此坐。
⑦ 律禁夜行而故犯之谓之犯夜。
⑧ 《唐六典》:金吾将军掌宫中昼夜巡警之法。

陪郑广文游何将军山林十首①

不识南塘路②,今知第五桥③。名园依绿水,野竹上青霄。谷口旧相得④,濠梁同见招⑤。平生为幽兴,未惜马蹄遥。

百顷风潭上,千章夏木清⑥。卑枝低结子,接叶暗巢莺。鲜鲫银丝脍,香芹碧涧羹。翻疑柂楼底,晚饭越中行⑦。

万里戎王子,何年别月支⑧!异花开绝域,滋蔓匝清池。汉使徒空到,神农竟不知⑨。露翻兼雨打,

---

① 郑广文,即郑虔。见《醉时歌》注。山林,园林,园中有山,故曰山林。《通志》:少陵原乃樊川之北原,自司马村起,至何将军山林而尽。
② 南塘,在韦曲附近。许浑《春日题韦曲野老村舍》诗:"背岭枕南塘。"
③ 张礼《游城南记》:"第五桥在韦曲西,桥以姓名。"
④ 谷口,谓广文。扬雄《法言》:"谷口郑子真不屈其志而耕乎岩石之下,名震于京师。"
⑤ 濠梁,谓同游。《庄子·秋水》:"庄子与惠子游于濠梁之上。"
⑥ 章,大树。
⑦ 柂,同"柁"。南方大船,尾有柂楼。甫年二十时曾游吴越,今见羹脍,故疑身居柂楼而为越中行也。
⑧ 戎王子,花名,当出月支国。《本草》引《日华子》云:独活,一名戎王使者。此花当是其类。
⑨ 汉使空到,谓张骞至西域,止得安石榴种。神农不知,谓《本草》不载。

开拆日离披①。

旁舍连高竹，疏篱带晚花。碾涡深没马②，藤蔓曲藏蛇。词赋工无益，山林迹未赊③。尽捻书籍卖，来问尔东家④。

剩水沧江破，残山碣石开⑤。绿垂风折笋，红绽雨肥梅。银甲弹筝用⑥，金鱼换酒来⑦。兴移无洒扫，随意坐莓苔⑧。

风磴吹阴雪，云门吼瀑泉⑨。酒醒思卧簟，衣冷欲装绵。野老来看客，河鱼不取钱。只疑淳朴处，自有一山川。

棘树寒云色，茵蔯春藕香⑩。脆添生菜美，阴益

---

① 离披，花开貌。
② 碾涡，谓碾砣间水涡漩，当指水磨。
③ 赊，shē，远。
④ 捻，niē，拈。言读书既无益，意欲卖却书籍，来就尔东家之邻。
⑤ 言此间穿池垒石，特大地中剩水残山耳；然其势之雄阔，恍若破沧江而开碣石。
⑥ 银甲，银制之假指甲。李商隐《无题》诗："十二学弹筝，银甲不曾卸。"
⑦ 金鱼，金鱼袋，佩名。《唐会要》："鱼袋，着紫者金装，着绯者银装。"
⑧ 莓，苔。
⑨ 言飞瀑之溅，乍疑吹雪。
⑩ 《本草纲目》：茵蔯，"蒿类，经冬不死，更因旧苗而生，故名"。李时珍云：气芳烈，昔人多莳为蔬。

食单凉①。野鹤清晨出,山精白日藏②。石林蟠水府,百里独苍苍。

忆过杨柳渚,走马定昆池③。醉把青荷叶,狂遗白接䍦④。刺船思郢客,解水乞吴儿⑤。坐对秦山晚⑥,江湖兴颇随。

床上书连屋⑦,阶前树拂云。将军不好武,稚子总能文。醒酒微风入,听诗静夜分。绤衣挂萝薜,凉月白纷纷⑧。

幽意忽不惬,归期无奈何。出门流水注,回首白云多。自笑灯前舞,谁怜醉后歌?只应与朋好,风雨亦来过。

---

① 食单,谓铺地布单也。
② 《玄中记》:"山精如人,一足,长三四尺,食山蟹,夜出昼藏。"
③ 《雍录》:"定昆池在长安县西南十五里。"
④ 白接䍦,白帽也。《晋书·山简传》:"简每出嬉游,多之池上,置酒辄醉,名之曰高阳池。时有童儿歌曰:'……时时能骑马,倒著白接䍦。'"
⑤ 郢,楚都。解水,识水性。郢客善操舟,吴儿善泅水,故思而求之。
⑥ 秦山,见《乐游园歌》注。
⑦ 床,谓书床,其形若床,故云。
⑧ 言月色照于衣上,其光零乱。

重过何氏五首

问讯东桥竹①,将军有报书。倒衣还命驾②,高枕乃吾庐。花妥莺捎蝶③,溪喧獭趁鱼④。重来休沐地⑤,真作野人居。

山雨樽仍在,沙沉榻未移⑥。犬迎曾宿客,鸦护落巢儿。云薄翠微寺⑦,天清皇子陂⑧。向来幽兴极,步屧过东篱⑨。

落日平台上,春风啜茗时。石阑斜点笔,桐叶坐题诗。翡翠鸣衣桁⑩,蜻蜓立钓丝。自今幽兴熟,

---

① 东桥,谓第五桥,见《陪郑广文游何将军山林十首》注。
② 倒衣,言速往。《诗·齐风·东方未明》:"东方未明,颠倒衣裳。颠之倒之,自公召之。"
③ 妥,颓下之貌。捎,掠。
④ 言花颓乃因莺之掠蝶,溪喧缘獭之趁鱼。
⑤ 休沐,言休息以洗沐。
⑥ 沙沉,言水涨。
⑦ 《长安志》:"翠微寺在终南山上。"
⑧ 皇子陂在韦曲之西。《十道志》:"秦葬皇子,起冢陂北原上,故名皇子陂。"
⑨ 屧,xiè,《说文解字》:"屧,履中荐也。"又履也。《南史·袁粲传》:袁粲为丹阳尹,尝步屧白杨郊野间。
⑩ 桁,héng,衣架。

来往亦无期。

颇怪朝参懒,应耽野趣长[1]。雨抛金锁甲[2],苔卧绿沉枪[3]。手自移蒲柳,家才足稻粱。看君用幽意,白日到羲皇[4]。

到此应常宿,相留可判年[5]。蹉跎暮容色,怅望好林泉。何日沾微禄,归山买薄田?斯游恐不遂,把酒意茫然。

陪诸贵公子丈八沟携妓纳凉晚际遇雨二首[6]

落日放船好,轻风生浪迟。竹深留客处,荷净纳凉时。公子调冰水,佳人雪藕丝[7]。片云头上黑,应是雨催诗。

雨来沾席上,风急打船头。越女红裙湿,燕姬

---

[1] 此言何将军。
[2] 金锁甲,犹言锁子甲,谓甲之精细者,言相衔之密也。
[3] 《西溪丛语》:绿沉枪者,以调绿饰之,其色深沉。
[4] 《晋书·陶潜传》:"夏月虚闲,高卧北窗之下,清风飒至,自谓羲皇上人。"此言"白日到羲皇",乃翻其语,谓可神游千古,不须高卧。
[5] 可判年,犹云可卒岁。
[6] 张礼《游城南记》:"下杜城之西有丈八沟,即子美纳凉遇雨之地。"
[7] 《孔子家语》:"黍者,所以雪桃。"注:"雪,拭。"

翠黛愁。缆侵堤柳系①,幔卷浪花浮。归路翻萧飒,陂塘五月秋。

送高三十五书记十五韵②

崆峒小麦熟,且愿休王师。请公问主将,焉用穷荒为③?饥鹰未饱肉,侧翅随人飞。高生跨鞍马,有似幽并儿④。脱身簿尉中,始与捶楚辞⑤。借问今何官,触热向武威⑥?答云一书记,所愧国士知。人实不易知,更须慎其仪。十年出幕府,自可持旌麾。此行既特达,足以慰所思。男儿功名遂,亦在

---

① 侵,迫近。
② 高三十五,即高适。《旧唐书·高适传》:"高适者,渤海蓨人也,……解褐汴州封丘尉,非其好也,乃去位,客游河右。河西节度哥舒翰见而异之,表为左骁卫兵曹,充翰府掌书记。"按:《资治通鉴》:哥舒翰奏高适为掌书记,事在天宝十三载五月。
③ 崆峒,山名,在临洮(今甘肃岷县)。按:《资治通鉴》:先是,吐蕃每至麦熟时,即率部众至积石军(在今青海贵德县)获取之,边人呼为"吐蕃麦庄"。天宝六载,哥舒翰使王难得、杨景晖等潜引兵至积石军,设伏以待之。吐蕃以五千骑至,翰于城中率骁勇邀击,匹马不还。后遂因麦庄一捷,而黩武穷荒,屡致败衄。今高之往,适当其时,作者故戒其贪胜,欲适以之告翰也。
④ 幽、并二州俗习骑射。梁简文帝《雁门太守歌》诗:"少解孙吴法,家本幽并儿。"
⑤ 簿尉决棒,唐制如此。韩愈《八月十五夜赠张功曹》诗:"判司卑官不堪说,未免捶楚尘埃间。"高适初为封丘尉,故云。
⑥ 武威,唐郡名,今属甘肃。

老大时。常恨结欢浅,各在天一涯。又如参与商①,惨惨中肠悲。惊风吹鸿鹄,不得相追随。黄尘翳沙漠,念子何当归。边城有余力,早寄从军诗。

城西陂泛舟②

青蛾皓齿在楼船,横笛短箫悲远天。春风自信牙樯动③,迟日徐看锦缆牵。鱼吹细浪摇歌扇,燕蹴飞花落舞筵。不有小舟能荡桨,百壶那送酒如泉?

渼陂行④

岑参兄弟皆好奇⑤,携我远来游渼陂。天地黤惨忽异色⑥,波涛万顷堆琉璃。琉璃漫汗泛舟入,事殊兴极忧思集。鼍作鲸吞不复知⑦,恶风白浪何嗟及。

---

① 参、商,两星名。参居东,商居西,相背而出,永不相见,以喻人之不能相遇。
② 城西陂,即渼陂,见后《渼陂行》注。
③ 古诗《黄淡思歌辞》:"象牙作帆樯。"
④ 渼陂,měipí。《长安志》:渼陂在鄠县(今陕西户县)西五里,出终南山,诸谷合朝公泉为陂。
⑤ 岑参,与作者同时诗人,天宝三载进士,释褐为右内率府兵曹参军。
⑥ 黤,yǎn,青黑色。
⑦ 鼍,tuó,类似鳄鱼之爬虫类动物。

主人锦帆相为开,舟子喜甚无氛埃①。凫鹥散乱棹讴发②,丝管啁啾空翠来。沉竿续蔓深莫测③,菱叶荷花静如拭。宛在中流渤澥清④,下归无极终南黑⑤。半陂以南纯浸山,动影裊窕冲融间⑥。船舷暝戛云际寺⑦,水面月出蓝田关⑧。此时骊龙亦吐珠⑨,冯夷击鼓群龙趋⑩。湘妃汉女出歌舞⑪,金支翠旗光有无⑫。咫尺但愁雷雨至,苍茫不晓神灵意。少壮几时奈老何,向来哀乐何其多⑬?

---

① 初入时天地变色,风浪堪忧,至此则开雾放舟,风恬浪静矣。
② 凫,fú;鹥,yì:皆水鸟名。
③ 沉竿续蔓,戏测水之深浅也。
④ 渤澥,海别支。此言水色空旷。
⑤ 溪陂源出终南山,言山峰倒影。
⑥ 裊窕,谓山影动摇。冲融,谓水波溶漾。
⑦ 戛,jiá,敲击,此指划船声。《长安志》:云际山大定寺在鄠县东南。
⑧ 《长安志》:蓝田关在蓝田县,即秦峣关也。《雍录》:峣关在溪陂东南。
⑨ 《庄子·列御寇》:"千金之珠,必在九重之渊而骊龙颔下。"骊龙,黑龙。
⑩ 曹植《洛神赋》:"冯夷鸣鼓,女娲清歌。"冯夷,河伯。
⑪ 湘妃,舜之二妃娥皇、女英也。汉女,《列仙传》:郑交甫游江汉,见二女,解佩与之。
⑫ 金支翠旗,汉《房中歌》:"金支秀华,庶旄翠旌。"注:"乐上众饰,有流溯羽葆,以黄金为支,其首敷散,若草木之秀华也。"光有无,言其若有若无。
⑬ 汉武帝《秋风辞》:"欢乐极兮哀情多,少壮几时兮奈老何!"

九日寄岑参

出门复入门,雨脚但如旧。所向泥活活①,思君令人瘦。沉吟坐西轩,饮食错昏昼。寸步曲江头,难为一相就。吁嗟呼苍生,稼穑不可救!安得诛云师②,畴能补天漏?大明韬日月③,旷野号禽兽。君子强逶迤④,小人困驰骤。维南有崇山,恐与川浸溜⑤。是节东篱菊,纷披为谁秀?岑生多新诗,性亦嗜醇酎⑥。采采黄金花,何由满衣袖?

秋雨叹三首

雨中百草秋烂死,阶下决明颜色鲜⑦。著叶满枝

---

① 活活,guōguō,水流貌。
② 云师,雨神。张衡《思玄赋》:"云师䰩以交集兮!"注:"云师,即雨师屏翳也。"
③ 大明,日月。韬,藏,犹言日月藏其光明。
④ 逶迤,同"委蛇",委曲自得之貌。《诗·召南·羔羊》:"退食自公,委蛇委蛇。"
⑤ 川浸,川泽。《周礼·职方氏》注:"水流而趋海者曰川,深积而成渊者曰浸。"
⑥ 酎,zhòu,重酿醇酒。
⑦ 决明,草花名,茎高二三尺,叶为羽状复叶,秋开蝶形花,色淡黄。

翠羽盖,开花无数黄金钱。凉风萧萧吹汝急,恐汝后时难独立。堂上书生空白头,临风三嗅馨香泣。

阑风伏雨秋纷纷①,四海八荒同一云。去马来牛不复辨②,浊泾清渭何当分③?禾头生耳黍穗黑④,农夫田妇无消息。城中斗米换衾裯,相许宁论两相直⑤?

长安布衣谁比数?反锁衡门守环堵⑥。老夫不出长蓬蒿,稚子无忧走风雨。雨声飕飕催早寒,胡雁翅湿高飞难。秋来未曾见白日,泥污后土何时干⑦?

戏简郑广文虔兼呈苏司业源明⑧

广文到官舍,系马堂阶下。醉则骑马归,颇遭

---

① 阑风伏雨,谓阑珊之风,沉伏之雨,言风雨不已。
② 《庄子·秋水》:"秋水时至,百川灌河,泾流之大,两涘渚涯之间,不辩牛马。"
③ 《关中记》:"泾水入渭,清浊不相杂。"盖渭本清而泾本浊,今当泛滥,则不能分矣。
④ 禾头生耳,《朝野佥载》记俚谚云:"秋雨甲子,禾头生耳。"谓禾芽萦卷如耳形。
⑤ 衾裯,《诗·召南·小星》:"抱衾与裯。"谓结婚也。岁饥,则斗米可以换妻,故不能论值。
⑥ 衡门,横木为门,贫者之所居。
⑦ 《楚辞·九辩》:"皇天淫溢而秋霖兮,后土何时而得干!"
⑧ 郑广文虔,见《醉时歌》注。《新唐书·苏源明传》:苏源明,京兆武功人。天宝间及进士第,累迁太子谕德。出为东平太守。召为国子司业。安禄山陷京师,以病不受伪署。

官长骂。才名四十年,坐客寒无毡。赖有苏司业,时时乞酒钱①。

夏日李公见访②

远林暑气薄,公子过我游。贫居类村坞,僻近城南楼③。旁舍颇淳朴,所须亦易求。隔屋唤西家,借问有酒不?墙头过浊醪,展席俯长流。清风左右至,客意已惊秋。巢多众鸟斗,叶密鸣蝉稠。苦遭此物聒,孰谓吾庐幽?水花晚色净④,庶足充淹留。预恐樽中尽,更起为君谋。

去矣行

君不见?韝上鹰,一饱则飞掣⑤。焉能作堂上燕,衔泥附炎热?野人旷荡无靦颜⑥,岂可久在王侯

---

① 乞,以物与人。
② 李公,黄鹤说:按《宗室世系表》,当是李炎,时为太子家令。
③ 城南,朱说:公居在长安城南,所谓城南韦杜也。
④ 水花,崔豹《古今注》:"芙蓉一名荷花,……一名水花。"
⑤ 《三国志·魏书·吕布传》:"譬如养鹰,饥则为用,饱则扬去。"韝,臂衣。
⑥ 靦颜,惭愧貌。

间？未试囊中餐玉法，明朝且入蓝田山①。

官定后戏赠②

不作河西尉，凄凉为折腰③。老夫怕趋走，率府且逍遥。耽酒须微禄，狂歌托圣朝。故山归兴尽，回首向风飙④。

自京赴奉先县咏怀五百字⑤

杜陵有布衣，老大意转拙。许身一何愚？窃比稷与契⑥。居然成濩落⑦，白首甘契阔⑧。盖棺事则

---

① 《魏书·李预传》：北魏李预居长安，每羡古人餐玉之法，乃采访蓝田，躬往攻掘，得若环璧杂器形者，大小百余；至家观之，皆光润可玩。预乃椎七十枚为屑，日服食之。蓝田山在今陕西西安市长安区东南三十里，山出美玉，故世称蓝田玉。
② 原注："时免河西尉为右卫率府兵曹。"戏赠者，戏自赠，后人自赠题本此。
③ 《晋书·陶潜传》：陶潜为彭泽令，郡遣督邮至，县吏白应束带见之，潜叹曰："吾不能为五斗米折腰。"即解印去。
④ 方官未定时，公尝有《奉留赠集贤院崔于二学士》诗云："故山多药物"，"欲整还乡旆"。今官已定，无复归山之兴，唯有临风回首耳。
⑤ 据《长安志》，奉先县在京兆府东北二百四十里。即今陕西蒲城县。时公在率府，而家在奉先，此诗叙归省之事，当作于天宝十四载仲冬。
⑥ 稷，周代先祖，教百姓耕种；契，殷代先祖，推行文化教育。
⑦ 濩落，huòluò，通作"瓠落"，犹廓落，无所容也。《庄子·逍遥游》："瓠落无所容。"
⑧ 契阔，勤苦。《诗·邶风·击鼓》："死生契阔。"

已①,此志常觊豁②。穷年忧黎元,叹息肠内热。取笑同学翁,浩歌弥激烈。非无江海志,潇洒送日月。生逢尧舜君,不忍便永诀。当今廊庙具,构厦岂云缺?葵藿倾太阳③,物性固莫夺。顾惟蝼蚁辈,但自求其穴。胡为慕大鲸,辄拟偃溟渤④?以兹悟生理,独耻事干谒。兀兀遂至今,忍为尘埃没。终愧巢与由,未能易其节。沉饮聊自适,放歌颇愁绝。岁暮百草零,疾风高冈裂。天衢阴峥嵘⑤,客子中夜发。霜严衣带断,指直不得结。凌晨过骊山⑥,御榻在嵽嵲⑦。蚩尤塞寒空⑧,蹴踏崖谷滑。瑶池气郁

---

① 晋刘毅:"大丈夫盖棺,事乃定矣。"
② 觊,希冀。豁,开,这里指施展抱负。
③ 《三国志·魏书·曹植传》:"葵藿之倾叶太阳,虽不为之回光,然向之者,诚也。"
④ 溟、渤,皆海名。
⑤ 阴峥嵘,言阴盛。公赴奉先在十一月初,故有"岁暮"之语。
⑥ 《太平寰宇记》:骊山在昭应县东南,即蓝田山,自京至此六十里。
⑦ 嵽嵲,diénie,山高貌。按:《雍录》:温泉在骊山,玄宗即山建立百司,十月往,至岁尽乃还宫。又缘杨妃之故,奢荡益著:宫包骊山,墙周其外,下有夹城通禁中。是则宫在山崖,故云御榻在嵽嵲也。
⑧ 蚩尤,谓蚩尤旗也。《皇览》:"蚩尤冢在东平郡寿张县阚乡城中,高七丈,民常十月祀之,有赤气出如匹绛帛,民名为蚩尤旗。"此正十一月初,借蚩尤旗以喻兵象。

律①,羽林相摩戛②。君臣留欢娱,乐动殷胶葛③。赐浴皆长缨④,与宴非短褐。彤庭所分帛⑤,本自寒女出。鞭挞其夫家,聚敛贡城阙。圣人筐篚恩⑥,实欲邦国活。臣如忽至理,君岂弃此物?多士盈朝廷,仁者宜战栗。况闻内金盘,尽在卫霍室⑦。中堂舞神仙⑧,烟雾蒙玉质。暖客貂鼠裘,悲管逐清瑟。劝客驼蹄羹⑨,霜橙压香橘。朱门酒肉臭,路有冻死骨。荣枯咫尺异,惆怅难再述。北辕就泾渭,官渡又改辙⑩。群水从西下,极目高崒兀⑪。疑是崆峒来⑫,恐触天柱

---

① 瑶池,指温泉。郁律,气升貌。郭璞《江赋》:"气滃渤以雾杳,时郁律其如烟。"
② 羽林,《新唐书·兵志》:"(高宗)置左右羽林军,大朝会则执仗以卫阶陛,行幸则夹驰道为内仗。"摩戛,犹言摩击。
③ 胶葛,通作"胶葛",广大貌,谓乐动而其声远闻。司马相如《上林赋》:"张乐乎胶葛之宇。"
④ 赐浴,《明皇杂录》:上尝于华清宫中置长汤数十,赐群臣浴。
⑤ 彤廷,谓以丹涂之庭,即王庭。
⑥ 筐篚,《诗·小雅·鹿鸣》序:"《鹿鸣》,燕群臣嘉宾也。既饮食之,又实币帛筐篚,以将其厚意,然后忠臣嘉宾得尽其心矣。"
⑦ 卫霍,谓卫青、霍去病,皆汉内戚,以比杨国忠。
⑧ 神仙,指贵妃及诸姨。
⑨ 驼蹄羹,食品名,参看《丽人行》注。
⑩ 官渡,谓泾、渭二水渡口。过骊山往奉先须往者,故云改辙。
⑪ 崒兀,危高貌。
⑫ 崆峒,见《送高三十五书记十五韵》注。泾、渭诸水皆从陇西而下,故疑来自崆峒也。

折①。河梁幸未坼,枝撑声窸窣②。行旅相攀援,川广不可越。老妻寄异县③,十口隔风雪。谁能久不顾?庶往共饥渴。入门闻号咷,幼子饥已卒。吾宁舍一哀④?里巷亦呜咽。所愧为人父,无食致夭折。岂知秋未登,贫窭有仓卒⑤。生常免租税,名不隶征伐。抚迹犹酸辛,平人固骚屑⑥。默思失业徒,因念远戍卒。忧端齐终南,澒洞不可掇⑦。

奉先刘少府新画山水障歌⑧

堂上不合生枫树,怪底江山起烟雾⑨。闻君扫却赤县图⑩,乘兴遣画沧洲趣⑪。画师亦无数,好手

---

① 言水势之险。《列子·汤问》:"(共工氏)怒而触不周之山,折天柱,绝地维。"
② 窸窣,xīsū,桥动有声也。
③ 异县,指奉先。
④ 嵇康《养生论》:"世常谓一怒不足以侵性,一哀不足以伤身。"
⑤ 仓卒,谓夭折。
⑥ 骚屑,不足道。
⑦ 澒洞,hòngtóng,相连貌。
⑧ 障,屏障。
⑨ 惊讶画障枫树山川尽如真像。
⑩ 《史记·孟子传》:邹衍谓中国名赤县神州。刘先为奉先尉写其邑之山川,故曰赤县图,乃别是一图。
⑪ 沧州趣,即指本画障。

不可遇。对此融心神,知君重毫素。岂但祁岳与郑虔①?笔迹远过杨契丹②。得非玄圃裂③?无乃潇湘翻④?悄然坐我天姥下⑤,耳边已似闻清猿。反思前夜风雨急,乃是蒲城鬼神入⑥。元气淋漓障犹湿,真宰上诉天应泣⑦。野亭春还杂花远,渔翁暝踏孤舟立⑧。沧浪水深青溟阔⑨,欹岸侧岛秋毫末⑩。不见湘妃鼓瑟时,至今斑竹临江活⑪。刘侯天机精,爱画入骨髓。自有两儿郎,挥洒亦莫比。大儿聪明到,能添老树巅崖里。小儿心孔开,貌得山僧及童子⑫。若耶

---

① 李嗣真《画录》:祈岳,善画者。《新唐书·郑虔传》:郑虔善画山水。
② 张彦远《名画记》:杨契丹,隋时画家。
③ 玄圃,仙人所居地,相传在昆仑山上。
④ 潇湘,二水合流之名,在湖南境,相传昔日舜妃娥皇、女英死于此。
⑤ 天姥,天姥山,在今浙江新昌县东五十里。杜甫《壮游》诗有"归帆拂天姥"句,盖旧游之地,故因画而思及之。
⑥ 蒲城,即奉先。
⑦ 言其巧夺天工。
⑧ 暝踏,言身入幽暝中。
⑨ 沧浪,即汉水。
⑩ 言所绘岸旁之岛屿甚细。
⑪ 《楚辞·远游》:"使湘灵鼓瑟兮。"湘灵,舜妃。《博物志》:舜崩于苍梧,二妃啼,以泪挥竹,竹尽斑。
⑫ 貌,图画人物之形状也。

溪①,云门寺②,吾独胡为在泥滓?青鞋布袜从此始。

悲陈陶③

孟冬十郡良家子,血作陈陶泽中水。野旷天清无战声,四万义军同日死④。群胡归来血洗箭⑤,仍唱胡歌饮都市。都人回面向北啼,日夜更望官军至。

悲青坂⑥

我军青坂在东门,天寒饮马太白窟⑦。黄头奚儿日向西⑧,数骑弯弓敢驰突。山雪河冰野萧瑟,青是烽烟白人骨。焉得附书与我军,忍待明年莫仓卒。

---

① 若耶溪,在今浙江绍兴市南,古时以风景著名。
② 云门寺,在今浙江绍兴市南云门山上。
③ 陈陶,陈陶斜,又名陈陶泽,在今陕西咸阳市东。按:《旧唐书·房琯传》:至德元载,十月,房琯自请讨贼(安禄山),分兵为三:南军自宜寿入,中军自武功入,北军自奉天入。琯自将中军,为前锋。辛丑,中军、北军遇贼于陈陶斜,接战,败绩。癸卯,琯自以南军战(即青坂之战),又败。
④ 琯效古法,用车战,贼纵火焚之,人畜大乱,官军死伤者四万余人。
⑤ 群胡,谓安禄山之众。
⑥ 青坂当去陈陶斜不远。参看《悲陈陶》注。
⑦ 饮马太白,言依山而守。太白山在今陕西眉县东南。
⑧ 黄头,东胡部落名。奚,亦东胡种名。《安禄山事迹》:禄山反,发同罗、奚、契丹、室韦、曳落河之众,号父子军。

对雪

战哭多新鬼①,愁吟独老翁。乱云低薄暮,急雪舞回风。瓢弃樽无绿②,炉存火似红。数州消息断,愁坐正书空③。

月夜

今夜鄜州月④,闺中只独看。遥怜小儿女,未解忆长安。香雾云鬟湿,清辉玉臂寒⑤。何时倚虚幌⑥,双照泪痕干。

苏端薛复筵简薛华醉歌

文章有神交有道,端复得之名誉早。爱客满堂尽豪杰,开筵上日思芳草⑦。安得健步移远梅,乱

---

① 时方在陈陶败后。
② 樽无绿,杯中无酒。
③ 书空,《世说新语·黜免》:殷浩坐废,终日书空作"咄咄怪事"四字。
④ 鄜,fū。鄜州,唐时属关内道,今陕西富县。时作者之家寓焉。
⑤ 鬟湿、臂寒,想见看月之久。
⑥ 江淹《王徵君养疾》诗:"炼药瞩虚幌。"幌,帷。
⑦ 上日,朔日。

插繁花向晴昊?千里犹残旧冰雪,百壶且试开怀抱。垂老恶闻战鼓悲,急觞为缓忧心捣①。少年努力纵谈笑,看我形容已枯槁。坐中薛华善醉歌,歌辞自作风格老。近来海内为长句,汝与山东李白好②。何刘沈谢力未工③,才兼鲍昭愁绝倒④。诸生颇尽新知乐,万事终伤不自保。气酣日落西风来,愿吹野水添金杯。如渑之酒常快意⑤,亦知穷愁安在哉!忽忆雨时秋井塌,古人白骨生青苔,如何不饮令心哀?

春望

国破山河在,城春草木深。感时花溅泪,恨别鸟惊心。烽火连三月,家书抵万金。白头搔更短,浑欲不胜簪。

---

① 《诗·小雅·小弁》:"我心忧伤,惄焉如捣。"捣,敲。
② 李白本蜀郡人,而寓居山东久,故时人皆以山东人称之。
③ 何刘沈谢,谓何逊、刘峻、沈约、谢朓,并六朝诗人。
④ 鲍昭,即鲍照,亦六朝诗人。唐时讳天后名,书"照"为"昭"耳。
⑤ 《左传》:"有酒如渑。"渑,shéng,水名,在山东。

一百五日夜对月①

无家对寒食,有泪如金波②。斫却月中桂,清光应更多。仳离放红蕊③,想像颦青蛾④。牛女漫愁思,秋期犹渡河⑤。

哀江头⑥

少陵野老吞声哭⑦,春日潜行曲江曲。江头宫殿锁千门⑧,细柳新蒲为谁绿⑨?忆昔霓旌下南苑⑩,

---

① 《荆楚岁时记》:"去冬节一百五日,即有疾风甚雨,谓之寒食。"
② 金波,月光。汉《郊祀歌》:"月穆穆以金波。"
③ 红蕊,丹桂花。仳离,枝叶分开貌。
④ 青蛾,谓蛾眉。
⑤ 牛女,即牵牛、织女二星。世人谓牛、女二星,隔河而居。每七夕,则渡河而会。
⑥ 江头,谓曲江头。明皇与贵妃常游曲江。时长安已陷,作者身在贼中,睹江水江花哀思而作,故以《哀江头》名篇。
⑦ 少陵野老,作者自称。《雍录》:"少陵原在长安县南四十里。"作者寓居于此。
⑧ 曲江南有紫云楼、芙蓉苑,西有杏园、慈恩寺。江头宫殿,指此。
⑨ 康骈《剧谈录》:"(曲江池)入夏则菰蒲葱翠,柳阴四合,碧波红蕖,湛然可爱。"
⑩ 南苑,即芙蓉苑。

苑中万物生颜色。昭阳殿里第一人①,同辇随君侍君侧。辇前才人带弓箭②,白马嚼啮黄金勒③。翻身向天仰射云,一箭正坠双飞翼。明眸皓齿今何在?血污游魂归不得④。清渭东流剑阁深,去住彼此无消息⑤。人生有情泪沾臆,江水江花岂终极?黄昏胡骑尘满城,欲往城南忘南北⑥。

哀王孙⑦

长安城头头白乌,夜飞延秋门上呼⑧。又向人家

---

① 指贵妃。昭阳殿,为汉时宫殿,飞燕所居。李白《宫中行乐词》诗:"宫中谁第一?飞燕在昭阳。"亦指贵妃。
② 才人,宫内官名。《新唐书·百官志》:"(内官)才人七人,正四品。"
③ 《明皇杂录》:上幸华清池,贵妃姊妹各购名马,以黄金为衔勒。
④ 《唐国史补》:"玄宗幸蜀,至马嵬驿,命高力士缢贵妃于佛堂前梨树下。"
⑤ 清渭,为贵妃缢处。剑阁,为明皇入蜀所经之道。彼此无消息,谓一死一生,更无见期。
⑥ 言欲往城南(作者家在城南)而惶惑不记孰为南北也。
⑦ 此乱时见王孙颠沛而作。《旧唐书·玄宗纪》:十五载六月九日,潼关不守。十二日凌晨,上自延秋门出,亲王、妃主、王孙以下,皆从之不及。
⑧ 延秋门,《长安志》:"苑中宫亭凡二十四所,……西面二门,南曰延秋门。"

啄大屋,屋底达官走避胡①。金鞭断折九马死②,骨肉不得同驰驱。腰下宝玦青珊瑚,可怜王孙泣路隅!问之不肯道姓名,但道困苦乞为奴。已经百日窜荆棘,身上无有完肌肤。高帝子孙尽隆准③,龙种自与常人殊。豺狼在邑龙在野,王孙善保千金躯。不敢长语临交衢,且为王孙立斯须。昨夜东风吹血腥,东来橐驼满旧都④。朔方健儿好身手,昔何勇锐今何愚⑤?窃闻天子已传位,圣德北服南单于⑥。花门剺

---

① 言头白乌不祥之物,初号门上,故明皇出延秋门;又啄大屋,故朝官一时逃散。
② 九马,《西京杂记》:汉文帝自代来,有良马九匹。此谓明皇出奔之马。
③ 隆准,《汉书·高帝纪》:"高祖为人,隆准而龙颜。"隆,高。准,zhuó,鼻。
④ 《旧唐书·史思明传》:禄山陷两京,以橐驼运御府珍宝于范阳。旧都,谓长安。肃宗时在灵武,故号长安为旧都。
⑤ 朔方健儿,指哥舒翰。时翰将河、陇、朔方兵及蕃兵共二十万守潼关拒贼,战败于灵宝,被执降贼。昔何勇锐,言翰先曾立功于西域。
⑥ 天子已传位,《旧唐书·肃宗纪》:肃宗即位,九月,南幸彭原,遣使与回纥和亲。二载二月,其首领入朝。南单于,南匈奴首领之称。

面请雪耻①,慎勿出口他人狙②。哀哉王孙慎勿疏!五陵佳气无时无③。

雨过苏端

鸡鸣风雨交④,久旱云亦好。杖藜入春泥,无食起我早⑤。诸家忆所历,一饭迹便扫⑥。苏侯得数过,欢喜每倾倒。也复可怜人,呼儿具梨枣。浊醪必在眼,尽醉摅怀抱。红稠屋角花⑦,碧委墙隅草。亲宾纵谈谑,喧闹畏衰老。况蒙需泽垂,粮粒或自保。妻孥隔军垒,拨弃不拟道⑧。

---

① 花门,即回纥。劓,lì。劓面,割面,谓割面流血以示信。
② 狙,伺伏。
③ 五陵佳气,谓中兴之象。《唐纪》:"高祖葬献陵,太宗葬昭陵,高宗葬乾陵,中宗葬定陵,睿宗葬桥陵,是为五陵。"《后汉书·光武帝纪》:苏伯阿至南阳,遥望舂陵郭,唶曰:"气佳哉!郁郁葱葱然。"
④ 言风雨交作于鸡鸣之时,又《诗·郑风·风雨》:"风雨凄凄,鸡鸣喈喈。"《序》:"思君子也。"
⑤ 犹陶渊明《乞食》诗"饥来驱我去"之意。
⑥ 言一饭之后便绝迹。
⑦ 稠,密。
⑧ 陶渊明《还旧居》诗:"拨置且莫念。"

喜达行在所三首①

西忆岐阳信②,无人遂却回③。眼穿当落日④,心死著寒灰。雾树行相引,连山望忽开。所亲惊老瘦,辛苦贼中来。

愁思胡笳夕,凄凉汉苑春。生还今日事⑤,间道暂时人⑥。司隶章初睹⑦,南阳气已新⑧。喜心翻倒极,呜咽泪沾巾⑨。

死去凭谁报?归来始自怜。犹瞻太白雪,喜遇武功天⑩。影静千官里,心苏七校前⑪。今朝汉社稷,

---

① 原注:"自京窜至凤翔。"《旧唐书·肃宗纪》:至德二载二月,肃宗自彭原幸凤翔。凤翔,唐郡,今陕西凤翔县。行在所,天子巡幸所居也。
② 岐阳,谓岐山之阳,即指凤翔。
③ 遂却,犹言即便。
④ 凤翔在京师西,故当落日。
⑤ 言昨日尚未知决有生还之事。
⑥ 间道,谓伺其间隙之道而行。
⑦ 司隶,为唐以前巡察畿辅之官。章,仪。言国乱渐定,始复见官仪也。谢朓《始出尚书省》诗:"还睹司隶章,复见东都礼。"
⑧ 南阳,舂陵所在。见《哀王孙》注。
⑨ 言喜极反悲。
⑩ 《三秦记》:"太白山在武功县南,去长安三百里,不知高几许。俗云:'武功太白,去天三百。'"《长安志》:京兆武功县,以武功山得名。按:即今陕西武功县。二句犹复见天日之意。
⑪ 七校,汉时京师军校。

新数中兴年。

述怀一首

去年潼关破,妻子隔绝久。今夏草木长,脱身得西走①。麻鞋见天子,衣袖露两肘。朝廷愍生还,亲故伤老丑。涕泪受拾遗②,流离主恩厚。柴门虽得去,未忍即开口。寄书问三川③,不知家在否?比闻同罹祸,杀戮到鸡狗。山中漏茅屋,谁复依户牖?摧颓苍松根,地冷骨未朽。几人全性命?尽室岂相偶?嶔岑猛虎场④,郁结回我首⑤。自寄一封书,今已十月后。反畏消息来,寸心亦何有?汉运初中兴,生平老耽酒。沉思欢会处,恐作穷独叟。

---

① 据此,知作者由京窜至凤翔,在夏四月。
② 《新唐书·杜甫传》:"天子入蜀,甫避走三川。肃宗立,自鄜州羸服欲奔行在,为贼所得。至德二年,亡走凤翔上谒,拜右拾遗。……时,所在寇夺,甫家寓鄜,弥年艰窭,孺弱至饿死,因许甫自往省视,从还京师。"《通典》:武后置左右拾遗二人,掌供奉给谏。
③ 三川,在鄜州南,杜甫之家在焉。
④ 嶔岑,山势耸立貌。
⑤ 郁结,忧也。回首,怀家。

独酌成诗

灯花何太喜？酒绿正相亲。醉里从为客，诗成觉有神。兵戈犹在眼，儒术岂谋身？苦被微官缚，低头愧野人。

羌村三首[①]

峥嵘赤云西，日脚下平地[②]。柴门鸟雀噪，归客千里至。妻孥怪我在，惊定还拭泪。世乱遭飘荡，生还偶然遂。邻人满墙头，感叹亦歔欷[③]。夜阑更秉烛，相对如梦寐。

晚岁迫偷生，还家少欢趣。娇儿不离膝，畏我复却去。忆昔好追凉，故绕池边树[④]。萧萧北风劲，抚事煎百虑。赖知禾黍收，已觉糟床注[⑤]。如今足斟酌，且用慰迟暮。

---

① 羌，qiāng。《元和郡县志》："隋开皇十六年，分三川、洛川二县置洛交县。"《鄜州图经》："羌村，洛交村墟。"
② 日脚，下垂日光。
③ 歔欷，xūxī，悲泣。
④ 回想去家，正是夏时。
⑤ 糟床，酒醡。

群鸡正乱叫,客至鸡斗争。驱鸡上树木,始闻叩柴荆。父老四五人,问我久远行。手中各有携,倾榼浊复清。莫辞酒味薄,黍地无人耕。兵革既未息,儿童尽东征①。请为父老歌,艰难愧深情。歌罢仰天叹,四座泪纵横。

北征②

皇帝二载秋③,闰八月初吉,杜子将北征,苍茫问家室。维时遭艰虞,朝野少暇日。顾惭恩私被,诏许归蓬荜。拜辞诣阙下,怵惕久未出。"虽乏谏诤姿,恐君有遗失。君诚中兴主,经纬固密勿④。东胡反未已⑤,臣甫愤所切。"挥涕恋行在,道途犹恍惚。乾坤含疮痍,忧虞何时毕?靡靡逾阡陌,人烟眇萧瑟。所遇多被伤,呻吟更流血。回首凤翔县,旌旗晚明灭。前登寒山重,屡得饮马窟。邠郊入地

---

① 四句乃父老语。
② 由凤翔行在归鄜州省家作。(参看《述怀》注。)鄜州在凤翔东北,故曰北征。又汉班彪有《北征赋》,作者袭用其名。
③ 即肃宗至德二载。
④ 密勿,犹黾勉,尽力。
⑤ 谓安庆绪之乱。

底①,泾水中荡潏②。猛虎立我前,苍崖吼时裂。菊垂今秋花,石戴古车辙。青云动高兴,幽事亦可悦。山果多琐细,罗生杂橡栗。或红如丹砂,或黑如点漆。雨露之所濡,甘苦齐结实。缅思桃源内,益叹身世拙。坡陀望鄜畤③,岩谷互出没。我行已水滨,我仆犹木末④。鸱鸟鸣黄桑,野鼠拱乱穴⑤。夜深经战场,寒月照白骨。潼关百万师,往者散何卒⑥?遂令半秦民,残害为异物。况我堕胡尘,及归尽华发。经年至茅屋,妻子衣百结。恸哭松声回,悲泉共幽咽。平生所娇儿,颜色白胜雪。见耶背面啼,垢腻脚不袜。床前两小女,补绽才过膝。海图拆波涛,旧绣移曲折。天吴及紫凤,颠倒在裋褐⑦。老夫

---

① 邠州,唐时属关内道,今陕西邠县之地。入地底,显四面山高也。
② 潏,yù。荡潏,水涌貌。
③ 鄜畤,即鄜州。《元和郡县志》:鄜畤,后魏为鄜州,"因秦文公梦黄蛇自天降属于地,遂于鄜衍立鄜畤为名"。
④ 木末,树梢,言己已先至水滨,回首望仆,尚行高处,如在树梢。
⑤ 拱,谓人立作拱手状。
⑥ 卒,仓卒。百万师,指哥舒翰之兵。《新唐书·哥舒翰传》:翰率兵出关,次灵宝县之西原,为贼所乘,自相践蹋,坠黄河死者数万人。
⑦ 天吴,神名。《山海经》:朝阳之谷,有神曰天吴,是为水伯,虎身人面;丹穴之山,有鸑鷟,凤之属也,五色而多紫。裋褐,谓童竖所着之毛布短衣。四句之意,盖言海图、天吴、紫凤,皆所绣之物,以旧绣补绽为竖衣,故波涛折,绣纹移,天吴、紫凤皆颠倒。

情怀恶,呕泄卧数日。那无囊中帛,救汝寒凛栗?粉黛亦解苞,衾裯稍罗列。瘦妻面复光,痴女头自栉。学母无不为,晓妆随手抹。移时施朱铅,狼藉画眉阔。生还对童稚,似欲忘饥渴。问事竞挽须,谁能即嗔喝?翻思在贼愁,甘受杂乱聒。新归且慰意,生理焉得说?至尊尚蒙尘,几日休练卒?仰观天色改,坐觉祆气豁。阴风西北来,惨澹随回纥①。其王愿助顺,其俗善驰突。送兵五千人,驱马一万匹。此辈少为贵,四方服勇决。所用皆鹰腾,破敌过箭疾。圣心颇虚伫,时议气欲夺。伊洛指掌收②,西京不足拔。官军请深入,蓄锐可俱发。此举开青徐③,旋瞻略恒碣④。昊天积霜露,正气有肃杀。祸转亡胡岁,势成擒胡月。胡命其能久?皇纲未宜绝。忆昨狼狈初,事与古先别⑤。奸臣竟菹醢,同恶随荡

---

① 《旧唐书·回纥传》:至德元载,回纥遣其太子叶护率兵助国讨贼,肃宗宴赐甚厚,命广平王约为兄弟。
② 伊、洛,二水名,在河南,即东都之地。
③ 青、徐,今山东之地。
④ 恒碣,谓恒山、碣石。两山俱在今河北境,当时贼巢所在。
⑤ 古先,谓宗庙。

析①。不闻夏殷衰,中自诛褒妲②。周汉获再兴,宣光果明哲③。桓桓陈将军④,仗钺奋忠烈。微尔人尽非,于今国犹活。凄凉大同殿⑤,寂寞白兽闼⑥。都人望翠华⑦,佳气向金阙。园陵固有神,扫洒数不缺⑧。煌煌太宗业,树立甚宏达!

彭衙行⑨

忆昔避贼初,北走经险艰。夜深彭衙道,月照白水山⑩。尽室久徒步,逢人多厚颜。参差谷鸟吟,

---

① 奸臣,指杨国忠。同恶,指虢国夫人辈。
② 褒妲,褒姒、妲己,比贵妃。
③ 宣光,周宣王、汉光武,比肃宗。
④ 陈将军,谓陈玄礼。《旧唐书·玄宗纪》:玄宗幸蜀至马嵬驿,左龙武大将军陈玄礼整比六军以从。以祸由国忠,欲诛之。会吐蕃使者遮国忠马诉无食。军士呼曰:"国忠与虏谋反。"遂杀之。上出驿门,令收队,不应。玄礼对曰:"国忠谋反,贵妃不宜供奉,愿陛下割恩正法。"上令力士引贵妃于佛堂缢杀之。
⑤ 《长安志》:大同殿在南内兴庆宫勤政楼北大同门内。
⑥ 白兽闼,即白兽门。《三辅黄图》:未央宫有白虎殿。唐避太祖讳改名。
⑦ 翠华,天子三襄,以翠为饰,故名。
⑧ 言收京之后,扫洒园陵礼数可以不阙。此段皆期望语。
⑨ 《太平寰宇记》:彭衙故城在白水县东北六十里。
⑩ 白水,即今陕西白水县。

不见游子还。痴女饥咬我,啼畏虎狼闻。怀中掩其口,反侧声愈嗔。小儿强解事,故索苦李餐。一旬半雷雨,泥泞相牵攀。既无御雨备,径滑衣又寒。有时经契阔,竟日数里间。野果充糇粮,卑枝成屋椽。早行石上水,暮宿天边烟。少留周家洼①,欲出芦子关②。故人有孙宰,高义薄曾云③。延客已曛黑,张灯启重门。暖汤濯我足,剪纸招我魂。从此出妻孥,相视涕阑干④。众雏烂熳睡,唤起沾盘飧。誓将与夫子,永结为弟昆。遂空所坐堂,安居奉我欢。谁肯艰难际,豁达露心肝?别来岁月周,胡羯仍构患⑤。何当有翅翎,飞去堕尔前?

曲江陪郑八丈南史饮

雀啄江头黄柳花,鹓鶄鸂鶒满晴沙⑥。自知白发

---

① 周家洼,未详何处,当即孙宰所居之地。
② 芦子关,亦未详。
③ 薄,迫。曾云,即层云。
④ 阑干,涕流貌。
⑤ 羯,jié,匈奴别部名。
⑥ 鹓鶄,jiāojīng,水鸟,高脚长喙,颈有红毛冠,翠鬣青胫,甚有文彩。鸂鶒,xīchì,亦水鸟名,似鸳鸯而稍大,羽五彩而多紫色,故又名紫鸳鸯。

非春事,且尽芳尊恋物华。近侍即今难浪迹,此身那得更无家?丈人才力犹强健,岂傍青门学种瓜①?

曲江二首

一片花飞减却春,风飘万点正愁人。且看欲尽花经眼,莫厌伤多酒入唇。江上小堂巢翡翠,花边高冢卧麒麟②。细推物理须行乐,何用浮名绊此身?

朝回日日典春衣,每日江头尽醉归。酒债寻常行处有,人生七十古来稀。穿花蛱蝶深深见,点水蜻蜓款款飞。传语风光共流转③,暂时相赏莫相违。

奉陪郑驸马韦曲二首

韦曲花无赖,家家恼杀人。绿尊须尽日,白发好禁春④。石角钩衣破,藤枝刺眼新。何时占丛竹,

---

① 此用邵平故事。《史记·萧相国世家》:邵平,故秦东陵侯,秦破为布衣,贫,种瓜于长安东门。青门,即长安东门之名。
② 秦、汉间公卿墓多以石麒麟镇之。《西京杂记》:五柞宫西有青梧观,观前有三梧桐树,足下有石麒麟二枚,刊其胁为文字,是始皇骊山墓上物也。
③ 传语,谓传语与蛱蝶、蜻蜓。
④ 禁,jīn,犹言禁当。

头戴小乌巾①?

野寺垂杨里,春畦乱水间。美花多映竹,好鸟不归山。城郭终何事?风尘岂驻颜?谁能共公子,薄暮欲俱还?

题李尊师松树障子歌

老夫清晨梳白头,玄都道士来相访②。握发呼儿延入户,手提新画青松障。障子松林静杳冥,冯轩忽若无丹青。阴崖却承霜雪干,偃盖反走虬龙形。老夫平生好奇古,对此兴与精灵聚。已知仙客意相亲,更觉良工心独苦。松下丈人巾屦同,偶坐似是商山翁。怅望聊歌《紫芝曲》③,时危惨澹来悲风。

逼仄行赠毕曜

逼仄何逼仄④!我居巷南子巷北。可恨邻里间,

---

① 小乌巾,隐者所戴。
② 玄都,观名,在长安。《唐会要》:京城朱雀街有玄都观。
③ 商山翁,商山四皓。四皓隐居,高祖聘之,四皓仰天叹而歌。有曰:"晔晔紫芝,可以疗饥;唐虞往矣,吾将安归?"后世名此曲为《紫芝曲》。
④ 逼仄,谓所居空间狭小。

十日不一见颜色。自从官马送还官,行路难行涩如棘。我贫无乘非无足,昔者相过今不得。实不是爱微躯,又非关足无力。徒步翻愁官长怒,此心炯炯君应识。晓来急雨春风颠,睡美不闻钟鼓传。东家蹇驴许借我,泥滑不敢骑朝天。已令请急会通籍①,男儿性命绝可怜。焉能终日心拳拳,忆君诵诗神凛然。辛夷始花亦已落②,况我与子非壮年。街头酒价常苦贵,方外酒徒稀醉眠。速宜相就饮一斗,恰有三百青铜钱。

瘦马行

东郊瘦马使我伤,骨骼硉兀如堵墙③。绊之欲动转欹侧,此岂有意仍腾骧?细看六印带官字④,众道三军遗路旁。皮干剥落杂泥滓,毛暗萧条连雪霜。

---

① 请急,请假。《宋书·谢灵运传》:"既无表闻,又不请急。"
② 辛夷,即木笔,落叶乔木,春初开花,俗称玉兰花。
③ 硉,lù。硉兀,骨突出貌。
④ 谓系马官。六印,左右膊、左右髀、两尾侧各有印。《唐六典》:"凡在牧之马皆印,印右膊以小'官'字,右髀以年辰,尾侧以监名,皆依左右厢。"

去岁奔波逐余寇,骅骝不惯不得将①。士卒多骑内厩马,惆怅恐是病乘黄②。当时历块误一蹶③,委弃非汝能周防。见人惨澹若哀诉,失主错莫无晶光。天寒远放雁为伴,日暮不收乌啄疮。谁家且养愿终惠④,更试明年春草长。

义鹘行⑤

阴崖有苍鹰,养子黑柏颠。白蛇登其巢,吞噬恣朝餐。雄飞远求食,雌者鸣辛酸。力强不可制,黄口无半存。其父从西归,翻身入长烟。斯须领健鹘,痛愤寄所宣⑥。斗上捩孤影⑦,噭哮来九天⑧。修鳞

---

① 不惯不得将,谓未调习不得用,故用内厩马。
② 乘黄,本兽名,龙翼马身,黄帝乘之而仙,后世因以"乘黄"名厩。《唐六典》:"乘黄署令一人。"此处则谓乘黄厩中之马。
③ 王褒《圣主得贤臣颂》:"过都越国,蹶如历块。"注:"如经历一块,言其速疾之甚。"
④ 颜延之《赭白马赋》:"愿终惠养,荫本枝兮。"
⑤ 鹘,gǔ,鸷鸟,即苍鹰。
⑥ 寄所宣,谓痛愤之心寄于宣诉之语。
⑦ 捩,liè,掠。
⑧ 噭哮,jiàoxiào,吼怒。

脱远枝，巨颡拆老拳①。高空得蹭蹬②，短草辞蜿蜒。折尾能一掉，饱肠皆已穿③。生虽灭众雏，死亦垂千年。物情有报复，快意贵目前。兹实鸷鸟最，急难心炯然。功成失所往，用舍何其贤！近经潏水湄④，此事樵夫传。飘萧觉素发，凛欲冲儒冠。人生许与分⑤，只在顾盼间。聊为《义鹘行》，用激壮士肝⑥。

早秋苦热堆案相仍⑦

七月六日苦炎蒸，对食暂餐还不能。每愁夜中自足蝎⑧，况乃秋后转多蝇。束带发狂欲大叫，簿书何急来相仍？南望青松架短壑⑨，安得赤脚踏层冰！

---

① 凡鹰击物者以翼下劲骨，如人之用拳。
② 蹭蹬，下坠。
③ 饱肠，谓既饱鹰雏之肠。
④ 潏水在长安杜陵，自皇子陂西北流入渭。
⑤ 分，fèn，分际之分。
⑥ 肝主怒，故云用激壮士肝。
⑦ 原注："时任华州司功。"按：华州，今陕西渭南市华州区。司功，州府佐吏，掌官园祭祀、礼乐、学校、选举、表疏、医筮、考课、丧葬之事。作者为华州司功在乾元二年，时年四十八。
⑧ 蝎，xiē，毒虫，蜇人。
⑨ 架，松横生也。江淹《谢光禄郊游》诗："风散松架险。"

杜甫诗

洗兵马①

中兴诸将收山东②,捷书夕报清昼同③。河广传闻一苇过,胡危命在破竹中④。祇残邺城不日得,独任朔方无限功⑤。京师皆骑汗血马,回纥喂肉葡萄宫⑥。已喜皇威清海岱,常思仙仗过崆峒⑦。三年笛里《关山月》⑧,万国兵前草木风⑨。成王功大心转小⑩,郭相

---

① 原注:"收京后作。"题义见本篇后注。
② 山东,河北也,以在太行山之东,故名。
③ 谓清昼所报与夜同,知报之确也。
④ 《资治通鉴》:乾元元年十月,郭子仪自杏园(在今河南卫辉市东南)济河至获嘉(今河南获嘉县),破安太清;太清走保卫州(今河南卫辉市),子仪进围之,遣使告捷。鲁炅、季广琛、崔光远与李嗣业兵皆会于卫。安庆绪来救,复大破之,遂拔卫州。庆绪走,子仪等追至邺(今河北临漳县境),许叔冀、董秦等皆继至。庆绪收余兵拒战于愁思冈,又败。庆绪乃入城固守,子仪等围之。
⑤ 《旧唐书·郭子仪传》:禄山反,以郭子仪为灵武太守,充朔方节度使。自陈涛斜之败,帝惟倚朔方军为根本。
⑥ 《汉书·匈奴传》:元帝元寿二年,单于来朝,舍之上林苑葡萄宫。《资治通鉴》:是年八月,回纥遣骁骑三千助讨安庆绪,上命仆固怀恩领之。
⑦ 《尚书·禹贡》:"海岱惟青州。"此指目前之事。崆峒,见《送高三十五书记十五韵》注,肃宗由马嵬至灵武合兵经此。
⑧ 《关山月》,曲名。《乐府解题》:"《关山月》,伤离别也。"
⑨ 《晋书·苻坚载记》:苻坚与苻融登城而望,见八公山草木皆类人形,风声鹤唳,疑以为兵。
⑩ 成王,即广平王俶。收复两京,广平为帅,今围邺未下。

谋深古来少①。司徒清鉴悬明镜②,尚书气与秋天杳③。二三豪俊为时出,整顿乾坤济时了。东走无复忆鲈鱼④,南飞觉有安巢鸟⑤。青春复随冠冕入,紫禁正耐烟花绕⑥。鹤驾通宵凤辇备⑦,鸡鸣问寝龙楼晓⑧。攀龙附凤势莫当,天下尽化为侯王⑨。汝等岂知蒙帝力?时来不得夸身强⑩。关中既留萧丞相⑪,幕下复用张子房⑫。张公一生江海客,身长九尺须眉苍。征起适遇风云会,扶颠始知筹策良⑬。青袍白马更何有,后汉

---

① 郭子仪时进中书令,故称郭相。
② 李光弼先加检校司徒。
③ 王思礼时迁兵部尚书。一说:指仆固怀恩。
④ 忆鲈鱼,晋张翰入洛,因秋风起,思吴中菰菜、莼羹、鲈鱼脍,遂命驾归。
⑤ 魏武帝《短歌行》:"月明星稀,乌鹊南飞。绕树三匝,何枝可依?"
⑥ 言时际青春,而紫禁朝仪如故也。
⑦ 鹤驾,太子所乘。凤辇,天子所御。言鹤驾通宵备凤辇以迎上皇。
⑧ 龙楼,宫门名。言当鸡报晓之时,趋宫门以伸问寝。
⑨ 是时方加封蜀郡灵武元从功臣。《汉书·叙传》:"攀龙附凤,并乘天衢","云起龙襄,化为侯王"。
⑩ 言不得贪天功以为己力。
⑪ 《史记·萧相国世家》:"汉王引兵东定三秦,何以丞相留收巴蜀,填抚谕告,使给军食。"此处比房琯,琯自蜀奉册留相肃宗。
⑫ 张子房比张镐。至德二载,琯罢相,以张镐代。
⑬ 《旧唐书·张镐传》:张镐风仪魁岸,廓落有大志。自褐衣拜右拾遗。玄宗幸蜀,徒步扈从。玄宗遣赴行在,至凤翔,奏议多有宏益,拜谏议大夫,寻代房琯为相。

今周喜再昌①。寸地尺天皆入贡，奇祥异瑞争来送。不知何国致白环②，复道诸山得银瓮③。隐士休歌《紫芝曲》④，词人解撰《河清颂》⑤。田家望望惜雨干，布谷处处催春种⑥。淇上健儿归莫懒⑦，城南思妇愁多梦。安得壮士挽天河，净洗甲兵长不用⑧！

赠卫八处士

人生不相见，动如参与商⑨。今夕复何夕，共此灯烛光？少壮能几时？鬓发各已苍。访旧半为鬼，惊呼热中肠。焉知二十载，重上君子堂？昔别君未婚，儿女忽成行。怡然敬父执，问我来何方。问答

---

① 青袍白马，见后《青丝》注。后汉今周，乃以光武、周宣比肃宗之中兴。
② 《竹书纪年》：帝舜九年，西王母来朝，献白环玉玦。
③ 《瑞应图》："王者宴不及醉，刑罚中，则银瓮出焉。"
④ 隐士，当指李泌，泌时归衡山。《紫芝曲》，商山四皓所歌。
⑤ 《南史·鲍照传》："（宋）元嘉中，河、济俱清，当时以为美瑞。照为《河清颂》。"
⑥ 布谷，鸟名，鸣声如呼"割麦插禾"，故名。
⑦ 淇，淇水，在卫地。淇上健儿，指围邺之兵。归莫懒，盖速其成功。
⑧ 《说苑·权谋》：武王伐纣，风霁而乘以大雨，王曰："天洗兵也。"
⑨ 参与商，见《送高三十五书记十五韵》注。

乃未已，儿女罗酒浆。夜雨剪春韭，新炊间黄粱①。主称会面难，一举累十觞。十觞亦不醉，感子故意长。明日隔山岳，世事两茫茫！

阌乡姜七少府设鲙戏赠长歌②

姜侯设鲙当严冬，昨日今日皆天风。河冻未渔不易得，凿冰恐侵河伯宫。饔人受鱼鲛人手③，洗鱼磨刀鱼眼红。无声细下飞碎雪④，有骨已剁觜春葱⑤。偏劝腹腴愧年少⑥，软炊香饭缘老翁。落砧何曾白纸湿⑦，放箸未觉金盘空⑧。新欢便饱姜侯德，清觞异味情屡极。东归贪路自觉难，欲别上马身无力。可怜为人好心事，于我见子真颜色。不恨我衰子贵时，怅望且为今相忆。

---

① 《楚辞·招魂》："稻粱穱麦，挐黄粱些。"注："挐，糅也。"此处"间"字即"挐"字之义。
② 阌，wén。阌乡，今河南灵宝市。
③ 鲛人，谓捕鱼者。
④ 曹植《七启》："累如叠縠，离若散雪。"
⑤ 觜，zǔ，通"嘴"，喙也，剁其骨使嘴如春葱，言尖而脆。
⑥ 腹腴，腹下肥。
⑦ 砧，zhēn，割鱼之石案。白纸湿者，凡作鲙，以灰去血水，又用纸以隔灰。
⑧ 言丰富也。

杜甫诗

新安吏①

客行新安道,喧呼闻点兵。借问新安吏:"县小更无丁②?""府帖昨夜下③,次选中男行④。""中男绝短小,何以守王城?肥男有母送,瘦男独伶俜。白水暮东流,青山犹哭声。莫自使眼枯,收汝泪纵横。眼枯即见骨,天地终无情。""我军取相州⑤,日

---

① 原注:"收京后作。虽收两京,贼犹充斥。"按:《资治通鉴》:至德二载九月,广平王俶、郭子仪等收复西京;十月,收复东京。惟河北尚未平,故云贼犹充斥。新安,唐属河南府,今河南洛阳市新安县。
② 更无丁,言岂无余丁可遣乎?
③ 帖,谓兵帖,即军籍。
④ 唐制:人有丁中黄小之分。天宝二载,令民十八以上为中男,二十三以上成丁。
⑤ 相州,即邺郡,今河北临漳县地。《资治通鉴》:"(至德二载冬十月)安庆绪走保邺郡"又乾元二年三月,郭子仪等九节度围邺,庆绪坚守以待思明。城中食尽,淘马矢以食马,而官军无统御,进退无所禀。城久不下,上下解体。思明引兵趋邺,选精骑,日于城下钞掠,官军出则散归其营;昼备之则夜至,夜备之则昼至。又多遣壮士窃官军装号,督趣运者,妄杀戮人。舟车所聚,则密纵火焚之。往复聚散,自相辨识,而官军不能察也。由是诸军乏食,思明乃大引军直抵城下,刻日决战。官军步骑六十万,阵于安阳河北。未及布阵,大风忽起。吹沙拔木,天地昼晦,咫尺不辨,两军大惊。官军溃而南,贼溃而北。子仪断河阳桥,保东京。

夕望其平。岂意贼难料,归军星散营①。就粮近故垒,练卒依旧京②。掘壕不到水,牧马役亦轻。况乃王师顺,抚养甚分明。送行勿泣血,仆射如父兄③。"

潼关吏④

士卒何草草⑤,筑城潼关道。大城铁不如,小城万丈余。借问潼关吏,修关还备胡。要我下马行,为我指山隅。连云列战格⑥,飞鸟不能逾。胡来但自守,岂复忧西都?丈人视要处,窄狭容单车。艰难奋长戟,万古用一夫。哀哉桃林战⑦,百万化为鱼!请嘱防关将,慎勿学哥舒⑧!

---

① 言军散各归其营。
② 旧京,指东京洛阳。
③ 仆射,谓郭子仪。子仪以至德二载五月败于滻水,降为左仆射。惟在乾元初已进位中书,此复称仆射者,举其初贬之官而言也。
④ 潼关,在陕西潼关县东北,相州败后所筑以备寇者,作者自洛阳至华州经此。
⑤ 草草,劳苦貌。《诗·小雅·巷伯》:"劳人草草。"
⑥ 战格,即战栏,用以捍敌。
⑦ 桃林,谓桃林塞,即潼关。《元和郡县志》:桃林塞,自灵宝县以西至潼关皆是也。
⑧ 哥舒翰率兵出关,次灵宝县之西原,为贼所乘,自相残踩,坠黄河死者数万人。

石壕吏[①]

　　暮投石壕村,有吏夜捉人。老翁逾墙走,老妇出门看。吏呼一何怒!妇啼一何苦!听妇前致词:"三男邺城戍[②]:一男附书至,二男新战死。存者且偷生,死者长已矣。室中更无人,惟有乳下孙。有孙母未去,出入无完裙。老妪力虽衰,请从吏夜归。急应河阳役[③],犹得备晨炊。"夜久语声绝,如闻泣幽咽。天明登前途,独与老翁别。

新婚别

　　兔丝附蓬麻[④],引蔓故不长。嫁女与征夫,不如弃路旁。结发为君妻,席不暖君床。暮婚晨告别,无乃太匆忙!君行虽不远,守边赴河阳[⑤]。妾身未分

---

① 石壕,镇名,在今河南三门峡市陕州区东七十里。
② 邺城,即邺郡,见《新安吏》注。
③ 河阳,故城在今河南孟州市。郭子仪兵既溃,用都虞候张用济策守河阳。七月,李光弼代子仪。参看《新安吏》注。
④ 古诗《冉冉孤生竹》:"与君为新婚,兔丝附女萝。"
⑤ 见《石壕吏》注。

明，何以拜姑嫜①。父母养我时，日夜令我藏。生女有所归，鸡狗亦得将。君今往死地，沉痛迫中肠。誓欲随君去，形势反苍黄②。勿为新婚念，努力事戎行。妇人在军中，兵气恐不扬③。自嗟贫家女，久致罗襦裳。罗襦不复施，对君洗红妆。仰视百鸟飞，大小必双翔。人事多错迕，与君永相望。

垂老别

四郊未宁静，垂老不得安。子孙阵亡尽，焉用身独完？投杖出门去，同行为辛酸。幸有牙齿存，所悲骨髓干。男儿既介胄，长揖别上官④。老妻卧路啼，岁暮衣裳单。孰知是死别？且复伤其寒。此去必不归，还闻劝加餐⑤。土门壁甚坚⑥，杏园度亦难⑦。

---

① 姑嫜，舅姑。
② 苍黄，同"仓惶"。
③ 《汉书·李陵传》："陵曰：'吾士气少衰而鼓不起者何也？军中岂有女子乎？'……陵搜得，皆剑斩之。"
④ 此段叙出门时慷慨前往之状，乃答同行者。
⑤ 此段叙临别时夫妇缱绻之情，乃对其妻者。
⑥ 土门，未详所在，大约在河阳附近。
⑦ 杏园，镇名，据《九域志》：在卫州汲县（今河南卫辉市）。郭子仪进兵围卫州，于此渡河。

势异邺城下，纵死时犹宽①。人生有离合，岂择衰老端？忆昔少壮日，迟回竟长叹。万国尽征戍，烽火被冈峦。积尸草木腥，流血川原丹。何乡为乐土？安敢尚盘桓？弃绝蓬室居，塌然摧肺肝②。

无家别

寂寞天宝后，园庐但蒿藜。我里百余家，世乱各东西。存者无消息，死者为尘泥。贱子因阵败，归来寻旧蹊。久行见空巷，日瘦气惨凄③。但对狐与狸，竖毛怒我啼。四邻何所有？一二老寡妻。宿鸟恋本枝，安辞且穷栖。方春独荷锄，日暮还灌畦。县吏知我至，召令习鼓鞞④。虽从本州役，内顾无所携⑤。近行止一身，远去终转迷。家乡既荡尽，远近理亦齐⑥。永痛长病母，五年委沟溪。生我不得力，终身两酸嘶。人生无家别，何以为蒸黎⑦？

---

① 此段宽解其妻。
② 此段自为宽解，而终之以决绝。
③ 日瘦，谓日色无光。
④ 鞞，同"鼙"。
⑤ 言虽从役本州，内顾而无与离别，则已伤矣。
⑥ 言既无家可别，则远近无异矣。
⑦ 蒸黎，犹言众民。

夏日叹

夏日出东北,陵天经中街①。朱光彻厚地,郁蒸何由开?上苍久无雷,无乃号令乖②?雨降不濡物,良田起黄埃。飞鸟苦热死,池鱼涸其泥。万人尚流冗③,举目唯蒿莱。至今大河北,化作虎与豺。浩荡想幽蓟④,王师安在哉!对食不能餐,我心殊未谐。眇然贞观初,难与数子偕⑤!

夏夜叹

永日不可暮,炎蒸毒我肠。安得万里风,飘飘吹我裳?昊天出华月,茂林延疏光。仲夏苦夜短,开轩纳微凉。虚明见纤毫,羽虫亦飞扬。物情无巨

---

① 中街,谓日中道即亭午也。
② 《后汉书·郎颛传》:"《易传》曰:'当雷不雷,太阳弱也。'……雷者号令,其德生养。"
③ 冗,rǒng,散。
④ 幽州,范阳郡(治今北京);蓟州,渔阳郡(治今天津蓟州):皆属河北道(唐十道之一,大致辖今河北、北京、辽宁等地)。时方在邺城溃后。
⑤ 数子,指房(玄龄)、杜(如晦)、王(珪)、魏(徵)之流。

细，自适固其常。念彼荷戈士，穷年守边疆。何由一洗濯，执热互相望①？竟夕击刁斗②，喧声连万方。青紫虽被体③，不如早还乡。北城悲笳发，鹳鹤号且翔。况复烦促倦，激烈思时康。

立秋后题

日月不相饶，节序昨夜隔。玄蝉无停号，秋燕已如客。平生独往愿，惆怅年半百。罢官亦由人，何事拘形役？

佳人

绝代有佳人，幽居在空谷。自云良家子，零落依草木。关中昔丧败，兄弟遭杀戮。官高何足论？不得收骨肉。世情恶衰歇，万事随转烛。夫婿轻薄儿，新人美如玉。合昏尚知时④，鸳鸯不独宿。但见

---

① 执热，犹云热不可解。
② 刁斗，古时行军用具，夜鸣以警众报时者，盖犹更鼓也。
③ 《资治通鉴》：至德二载，郭子仪败于清渠，复以官爵收散卒；由是应募入军者，一切衣金紫。
④ 合昏，即夜合花，花晨开而夜合，故名。

新人笑,那闻旧人哭?在山泉水清,出山泉水浊。侍婢卖珠回,牵萝补茅屋。摘花不插发,采柏动盈掬。天寒翠袖薄,日暮倚修竹。

梦李白二首

死别已吞声,生别常恻恻。江南瘴疠地,逐客无消息①。故人入我梦,明我长相忆。恐非平生魂,路远不可测。魂来枫林青②,魂返关塞黑。君今在罗网,何以有羽翼?落月满屋梁,犹疑照颜色。水深波浪阔,无使蛟龙得。

浮云终日行,游子久不至。三夜频梦君,情亲见君意。告归常局促,苦道来不易。江湖多风波,舟楫恐失坠。出门搔白首,若负平生志。冠盖满京华,斯人独憔悴。孰云网恢恢,将老身反累。千秋万岁名,寂寞身后事。

---

① 天宝十五载,李白隐庐山,会永王璘东巡,入幕为僚佐。未几,永王谋逆兵败,白坐系浔阳狱,得释。乾元元年终以污璘事,长流夜郎,遂泛洞庭,上峡江,至巫山,以赦得释,还憩岳阳、江夏。
② 《楚辞·招魂》:"湛湛江水兮上有枫,目极千里兮伤春心。魂兮归来哀江南!"

后出塞五首[①]

男儿生世间,及壮当封侯。战伐有功业,焉能守旧丘?召募赴蓟门[②],军动不可留。千金买马鞍,百金装刀头。闾里送我行,亲戚拥道周。斑白居上列,酒酣进庶羞[③]。少年别有赠,含笑看吴钩[④]。

朝进东门营[⑤],暮上河阳桥[⑥]。落日照大旗,马鸣风萧萧。平沙列万幕,部伍各见招。中天悬明月,令严夜寂寥。悲笳数声动,壮士惨不骄。借问大将谁,恐是霍嫖姚[⑦]。

古人重守边,今人重高勋。岂知英雄主,出师亘长云。六合已一家,四夷且孤军。遂使貔虎士,

---

① 旧说《后出塞》为安禄山征东都之兵赴蓟门时作。惟观第五首,则似作于禄山已反之后。今依《杜诗集说》,排列于此。
② 蓟门,古蓟门,唐时蓟州,今天津蓟州区。
③ 庶羞,各种美味。
④ 吴钩,刀名。含笑者,受而会意。
⑤ 东门,即上东门,洛阳东面门。
⑥ 河阳桥,洛阳有浮桥架黄河,相传为晋时杜预所建,参看《石壕吏》注。
⑦ 霍嫖姚,霍去病。

奋身勇所闻。拔剑击大荒,日收胡马群①。誓开玄冥北②,持以奉吾君。

献凯日继踵,两蕃静无虞③。渔阳豪侠地④,击鼓吹笙竽。云帆转辽海⑤,粳稻来东吴⑥。越罗与楚练,照耀舆台躯⑦。主将位益崇,气骄凌上都。边人不敢议,议者死路衢⑧。

我本良家子,出师亦多门。将骄益愁思,身贵不足论。跃马二十年,恐辜明主恩。坐见幽州骑,长驱河洛昏⑨。中夜间道归,故里但空村。恶名幸脱

---

① 《安禄山事迹》:"(安禄山)包藏祸心。……畜单于护真大马习战斗者数万匹。"
② 玄冥,北方;北方属水,故曰玄冥。
③ 两蕃,谓奚与契丹。《新唐书·安禄山传》:天宝四载,奚、契丹叛,禄山起兵击之。八月,绐契丹诸酋大置酒,毒焉。既酣,悉斩其首,献馘阙下。《资治通鉴》:十三载四月,禄山奏击破奚、契丹,虏其王李日越。十四载四月,又奏破奚、契丹。
④ 渔阳,唐郡,属幽州,今天津蓟州区、北京平谷区等地。
⑤ 辽海,即渤海。
⑥ 禄山镇范阳,江淮挽输,千里不绝。
⑦ 《旧唐书·玄宗纪》:十三载,禄山奏前后立功将士请超三资告身,于是超授将军五百人,中郎将三千余人。
⑧ 主将,谓禄山。按:《安禄山事迹》:禄山自归范阳,逆状渐露。使者至,称疾不见,严令士于前后,戒备而后见之,无复人臣之礼。或言禄山反者,玄宗缚送禄山;道路相目,无敢言者。
⑨ 唐范阳属幽州,禄山反时,起兵于此,鼓行而西,河洛相继失陷。

免,穷老无儿孙。

秦州杂诗①

莽莽万重山,孤城山谷间。无风云出塞,不夜月临关。属国归何晚②?楼兰斩未还③。烟尘独长望,衰飒正摧颜。

月夜忆舍弟

戍鼓断人行,秋边一雁声。露从今夜白④,月是故乡明⑤。有弟皆分散,无家问死生。寄书长不达,况乃未休兵。

雨晴

天水秋云薄,从西万里风。今朝好晴景,久雨不妨农。塞柳行疏翠,山梨结小红。胡笳楼上发,

---

① 秦州,今甘肃天水市,作者以乾元二年七月自华州弃官至此。《杂诗》原二十首,兹录其一。
② 属国,汉苏武使匈奴归,拜为典属国。
③ 汉傅介子持节使楼兰,斩其王,持首还。
④ 是夜逢白露节。
⑤ 谓犹是故乡月色。

一雁入高空。

遣怀

愁眼看霜露,寒城菊自花。天风随断柳,客泪堕清笳。水净楼阴直,山昏塞日斜。夜来归鸟尽,啼杀后栖鸦。

野望

清秋望不极,迢递起曾阴。远水兼天净,孤城隐雾深。叶稀风更落,山迥日初沉。独鹤归何晚?昏鸦已满林。

空囊

翠柏苦犹食,晨霞高可餐。世人共卤莽,吾道属艰难。不爨井晨冻,无衣床夜寒。囊空恐羞涩,留得一钱看。

发秦州[①]

我衰更懒拙,生事不自谋。无食问乐土,无衣

---

① 原注:"乾元二年,自秦州赴同谷县纪行。"按:同谷县唐属成州,故城在今甘肃成县。

思南州①。汉源十月交②,天气凉如秋。草木未黄落,况闻山水幽。栗亭名更佳③,下有良田畴。充肠多薯蓣④,崖蜜亦易求⑤。密竹复冬笋,清池可方舟⑥。虽伤旅寓远,庶遂平生游。此邦俯要冲⑦,实恐人事稠。应接非本性,登临未销忧。溪谷无异石,塞田始微收。岂复慰老夫?惘然难久留。日色隐孤戍,乌啼满城头。中宵驱车去,饮马寒塘流。磊落星月高,苍茫云雾浮。大哉乾坤内,吾道长悠悠⑧!

赤谷⑨

天寒霜雪繁,游子有所之。岂但岁月暮?重来未有期。晨发赤谷亭,险艰方自兹。乱石无改辙,

---

① 同谷在秦州南,故曰南州。
② 汉源,谓汉水发源之地,即指成州。
③ 栗亭,为同谷县之一镇。《九域志》:栗亭在成州东五十里。
④ 薯蓣,即俗名山药。
⑤ 崖蜜,即石蜜。其蜂黑色,作房于岩崖高峻处或石窟中,蜜色绿,胜于他蜜。
⑥ 方舟,并舟。
⑦ 此邦,指秦州。
⑧ 言以乾坤之大,而无容身之所;长此奔驰,未知何日方得休息耳!
⑨ 《明一统志》:"赤谷在秦州西南七里。"

我车已载脂①。山深苦多风,落日童稚饥。悄然村墟迥,烟火何由追?贫病转零落,故乡不可思。常恐死道路,永为高人嗤。

铁堂峡②

山风吹游子,缥缈乘险绝。硖形藏堂隍③,壁色立积铁。径摩穹苍蟠,石与厚地裂。修纤无垠竹,嵌空太始雪④。威迟哀壑底⑤,徒旅惨不悦。水寒长冰横,我马骨正折。生涯抵弧矢⑥,盗贼殊未灭。飘蓬逾三年,回首肝肺热。

法镜寺⑦

身危适他州,勉强终劳苦。神伤山行深,愁破

---

① 已载脂,言已涂油。《诗·邶风·泉水》:"载脂载舝。"
② 《方舆览胜》:铁堂峡在天水县(今甘肃天水市)东五里,相传三国时姜维祖茔在此。
③ 硖,通"峡"。堂隍,同"堂皇"。《汉书·胡建传》:"列坐堂皇上。"注:"室无四壁曰皇。"
④ 太始,犹言太古。
⑤ 威迟,回远。
⑥ 抵,当。抵弧矢,谓当用兵之时。
⑦ 据黄鹤说:法镜寺尚在秦州境内。

崖寺古。婵娟碧鲜净①,萧摵寒箨聚②。泂泂山根水③,冉冉松上雨。泄云蒙清晨,初日翳复吐。朱甍半光炯④,户牖粲可数。拄策忘前期⑤,出萝已亭午⑥。冥冥子规叫,微径不复取⑦。

石龛⑧

熊罴咆我东⑨,虎豹号我西。我后鬼长啸,我前狨又啼⑩。天寒昏无日,山远道路迷。驱车石龛下,仲冬见虹霓。伐竹者谁子?悲歌上云梯⑪。为官采美箭,五岁供梁齐⑫。若云直榦尽,无以充提携。奈何渔阳骑,飒飒惊蒸黎!

---

① 婵娟,泛言人物美好之辞。
② 萧摵,同"萧瑟"。箨,竹托,竹皮。
③ 泂泂,水流貌。
④ 甍,méng,屋栋。光炯,光明。
⑤ 前期,谓前路程期。沈约《别范安成》诗:"分手易前期。"
⑥ 言步出藤萝时已在午。
⑦ 言闻子规声惨,不敢取径搜奇,遂去寺而前行矣。
⑧ 《方舆胜览》谓石龛在成州近境。
⑨ 咆,黑怒嗥也。《楚辞·招隐士》:"虎豹斗兮熊罴咆。"
⑩ 狨,róng,猿属,轻捷善援木,生川峡深山中。
⑪ 云梯,谓山路。
⑫ 梁齐,谓河北官军。安史之乱始天宝十四载,至是五年。

积草岭①

连峰积长阴,白日递隐见。飕飕林响交,惨惨石状变。山分积草岭,路异鸣水县②。旅泊吾道穷,衰年岁时倦。卜居尚百里,休驾投诸彦③。邑有佳主人④,情如已会面。来书语绝妙,远客惊深眷。食蕨不愿余,茅茨眼中见。

乾元中寓居同谷县作歌七首⑤

有客有客字子美,白头乱发垂过耳。岁拾橡栗随狙公⑥,天寒日暮山谷里。中原无书归不得,手脚冻皴皮肉死⑦。呜呼!一歌兮歌已哀,悲风为我从天来。

---

① 原注:"同谷界。"《通志》:"岭在旧天水、同谷之间。"
② 《元和郡县志》:鸣水县属兴州。路异者,异此岭东西别行;东则同谷,西则鸣水。
③ 诸彦,指投宿之家。
④ 邑,指同谷。
⑤ 同谷县,见《发秦州》注。
⑥ 狙公,指养猴人。《庄子·齐物论》:"狙公赋芧。"注:"芧,橡子也。"
⑦ 皴,cūn,皮裂。

杜甫诗

　　长镵长镵白木柄①,我生托子以为命。黄独无苗山雪盛②,短衣数挽不掩胫。此时与子空归来,男呻女吟四壁静。呜呼!二歌兮歌始放,邻里为我色惆怅。

　　有弟有弟在远方,三人各瘦何人强?生别展转不相见,胡尘暗天道路长。东飞鴐鹅后鹙鸧③,安得送我置汝旁?呜呼!三歌兮歌三发,汝归何处收兄骨?

　　有妹有妹在钟离④,良人早殁诸孤痴。长淮浪高蛟龙怒,十年不见来何时?扁舟欲往箭满眼,杳杳南国多旌旗。呜呼!四歌兮歌四奏,林猿为我啼清昼。

　　四山多风溪水急,寒雨飒飒枯树湿。黄蒿古城云不开,白狐跳梁黄狐立。我生何为在穷谷?中夜起坐万感集。呜呼!五歌兮歌正长,魂招不来归故乡。

　　南有龙兮在山湫⑤,古木巃嵷枝相樛⑥。木叶黄落

---

① 镵,chán,采药用具。
② 黄独,黄精独,蔬类植物,一名土芋,状如芋子,肉白皮黄,可以蒸食。
③ 鴐鹅,野鹅,大于雁。司马相如《子虚赋》:"弋白鹄,连鴐鹅。"鹙鸧,qiūcāng,水禽,即秃鹙,状如鹤,色苍灰。《楚辞·大招》:"鹍鸿群晨,杂鹙鸧只。"注:"鹙鸧,鹅鹙也。"
④ 钟离,今安徽凤阳县地。
⑤ 湫,池。同谷万丈潭(见后)有龙,此借以起兴。
⑥ 巃嵷,lóngsǒng,高耸貌。樛,jiū,枝叶缠绕貌。

龙正蛰，蝮蛇东来水上游。我行怪此安敢出①？拔剑欲斩且复休。呜呼！六歌兮歌思迟，溪壑为我回春姿。

男儿生不成名身已老，三年饥走荒山道。长安卿相多少年，富贵应须致身早。山中儒生旧相识，但话宿昔伤怀抱。呜呼！七歌兮悄终曲，仰视皇天白日速。

万丈潭②

青溪合冥寞，神物有显晦。龙依积水蟠，窟压万丈内。蹶步凌垠堮③，侧身下烟霭。前临洪涛宽④，却立苍石大。山色一径尽，崖绝两壁对。削成根虚无，倒影垂澹瀩⑤。黑知湾澴底⑥，清见光炯碎⑦。孤云倒来深，飞鸟不在外。高萝成帷幄，寒木累旌旆。

---

① 怪，畏。
② 《方舆胜览》：万丈潭，在同谷县东南七里，俗传有龙自潭飞出。
③ 垠堮，yín'è，边际。
④ 洪涛，指嘉陵江。
⑤ 澹瀩，dànduì，水波相重之貌。
⑥ 澴，聚流。
⑦ 炯，jiǒng，光。

远川曲通流,嵌窦潜泄濑①。造幽无人境,发兴自我辈。告归遗恨多,将老斯游最。闭藏修鳞蛰,出入巨石碍。何事暑天过,快意风云会②。

发同谷县③

贤有不黔突,圣有不暖席④。况我饥愚人,焉能尚安宅?始来兹山中,休驾喜地僻。奈何迫物累,一岁四行役⑤!忡忡去绝境⑥,杳杳更远适。停骖龙潭云⑦,回首虎崖石⑧。临歧别数子,握手泪再滴。交情无旧深,穷老多惨戚。平生懒拙意,偶值栖遁迹。去住与愿违,仰惭林间翮。

---

① 濑,lài,急水。
② 言方冬龙蛰,未能擘石而出,远思乘暑过此,观其腾跃风云之会。
③ 原注:"乾元二年十二月一日,自陇右赴成都纪行。"
④ 《淮南子》:"孔子无黔突,墨子无暖席。"注:"突灶不至于黑,坐席不至于温,历行诸国,汲汲于行道也。"
⑤ 是年春,自东都回华州;秋,自华客秦;冬,自秦赴同谷,又自同谷赴成都——是一岁四行役也。
⑥ 忡忡,忧思貌。
⑦ 龙潭,即万丈潭。
⑧ 《明一统志》:"虎穴,在成县西。"虎崖,即指此。

杜甫诗

木皮岭①

首路栗亭西②,尚想凤皇村③。季冬携童稚,辛苦赴蜀门④。南登木皮岭,艰险不易论。汗流被我体,祁寒为之暄⑤。远岫争辅佐,千岩自崩奔。始知五岳外,别有他山尊。仰干塞大明⑥,俯入裂厚坤。再闻虎豹斗,屡跼风水昏。高有废阁道,摧折如短辕。下有冬青林,石上走长根。西崖特秀发,焕若灵芝繁⑦。润聚金碧气,清无沙土痕。忆观昆仑图,目击玄圃存⑧。对此欲何适?默伤垂老魂。

白沙渡⑨

畏途随长江⑩,渡口下绝岸。差池上舟楫,杳窕入云汉。天寒荒野外,日暮中流半。我马向北嘶,

---

① 《方舆胜览》:木皮岭在同谷县东二十里。
② 栗亭,见《发秦州》注。
③ 凤皇村当与凤凰台相近,在同谷东南十里。
④ 蜀门,即剑门。见后《剑门》注。
⑤ 祁寒,大寒。《尚书·君牙》:"冬祁寒。"
⑥ 大明,日也;谓山高蔽日。
⑦ 谓五色璀璨。
⑧ 昆仑一名玄圃,仙境也。两句意谓昔时但见其图,今乃有若亲历其境。
⑨ 白沙渡与下篇之水会渡,当皆系嘉陵江之渡。
⑩ 长江,指嘉陵江。

山猿饮相唤。水清石礧礧①,沙白滩漫漫。迥然洗愁辛,多病一疏散。高壁抵欹崟,洪涛越凌乱。临风独回首,揽辔复三叹②。

水会渡

山行有常程③,中夜尚未安。微月没已久,崖倾路何难!大江动我前④,汹若溟渤宽⑤。篙师暗理楫,歌笑轻波澜。霜浓木石滑,风急手足寒。入舟已千忧,陟巘仍万盘。回眺积水外,始知众星干⑥。远游令人瘦,衰疾惭加餐。

飞仙阁⑦

土门山行窄,微径缘秋毫⑧。栈云阑干峻⑨,梯石

---

① 礧礧,石累貌。
② 言在水中,觉水清沙白,风景可娱;及已渡回首,见高壁洪涛之可畏,故为之三叹也。
③ 言无宿处。
④ 大江,指嘉陵江。
⑤ 溟、渤,皆海名。
⑥ 言登岸回眺,始知众星之不在水中。
⑦ 飞仙阁,《方舆胜览》:飞仙岭在兴州(今陕西略阳县)东三十里,相传徐佐卿化鹤跧泊之所,故名;上有阁道百余间,即入蜀路。
⑧ 言径之微,远视若缘秋毫而上也。
⑨ 栈云,谓高栈连云。

结构牢①。万壑欹疏林，积阴带奔涛。寒日外淡泊，长风中怒号②。歇鞍在地底，始觉所历高。往来杂坐卧，人马同疲劳。浮生有定分，饥饱岂可逃。叹息谓妻子，我何随尔曹③。

五盘④

五盘虽云险，山色佳有余。仰凌栈道细，俯映江木疏。地僻无网罟，水清反多鱼。好鸟不妄飞，野人半巢居。喜见淳朴俗，坦然心神舒。东郊尚格斗，巨猾何时除？故乡有弟妹，流落随丘墟。成都万事好，岂若归吾庐？

剑门⑤

惟天有设险，剑门天下壮。连山抱西南，石角皆北向。两崖崇墉倚，刻画城郭状。一夫怒临关，

---

① 梯石，谓垒石为梯。
② 幽深则日不及照，故曰外淡泊；空大则风从内出，故曰中怒号。
③ 言非为衣食计，亦何至来此地也。
④ 五盘岭，即七盘岭。按：《明一统志》：七盘岭在保宁府广元县（今四川广元市）北一百七十里。
⑤ 剑门，亦名大剑山，在今四川剑阁县者，即古梁山也。

百万未可傍①。珠玉走中原,岷峨气凄怆②。三皇五帝前,鸡犬各相放。后王尚柔远,职贡道已丧③。至今英雄人,高视见霸王。并吞与割据,极力不相让。吾将罪真宰,意欲铲叠嶂。恐此复偶然,临风默惆怅。

成都府④

翳翳桑榆日,照我征衣裳。我行山川异,忽在天一方。但逢新人民,未卜见故乡。大江东流去⑤,游子去日长。曾城填华屋⑥,季冬树木苍。喧然名都会,吹箫间笙簧。信美无与适,侧身望川梁。乌雀夜各归,中原杳茫茫。初月出不高,众星尚争光。自古有羁旅,我何苦哀伤。

---

① 张载《剑阁铭》:"一人荷戟,万夫趦趄。"
② 岷峨,谓岷山、峨眉山。前者在成都之西,后者在成都西南。此以岷峨代蜀地,言蜀为天府,珠玉皆归中原,然物力有穷,岷峨亦为之凄怆矣。
③ 言蜀地当上古之世,本与中国不通;自秦开蜀道,务以柔远,职贡修而淳朴之道丧,蜀所以遂为多事之国。
④ 成都府,今四川成都市。
⑤ 大江,当指岷江。
⑥ 曾城,即层城。

卜居

浣花流水水西头①,主人为卜林塘幽。已知出郭少尘事,更有澄江销客愁。无数蜻蜓齐上下,一双鸂鶒对沉浮。东行万里堪乘兴,须向山阴上小舟。

王十五司马弟出郭相访兼遗营茅屋赀

客里何迁次②?江边正寂寥。肯来寻一老,愁破是今朝。忧我营茅栋,携钱过野桥。他乡唯表弟,还往莫辞遥。

堂成

背郭堂成荫白茅,缘江路熟俯青郊。榿林碍日吟风叶③,笼竹和烟滴露梢④。暂止飞乌将数子⑤,频来语

---

① 《太平寰宇记》:浣花溪在成都西郭外,一名百花潭。
② 迁次,谓所迁次舍也。此言客中何所藉以为迁次之资。
③ 榿,qī,《四川通志》:"古称蜀木,惟成都最多,江干林畔,蓊蔚可爱。"
④ 《山谷别集》:蜀人名大竹曰笼竹。
⑤ 将,领,带领,引领。飞乌,自喻。

燕定新巢。旁人错比扬雄宅①，懒惰无心作《解嘲》②。

蜀相

丞相祠堂何处寻③？锦官城外柏森森④。映阶碧草自春色，隔叶黄鹂空好音。三顾频烦天下计⑤，两朝开济老臣心⑥。出师未捷身先死⑦，长使英雄泪满襟！

为农

锦里烟尘外⑧，江村八九家。圆荷浮小叶，细麦

---

① 《太平寰宇记》：扬雄宅在华阳县（今成都双流区）少城西南角，一曰草玄堂。
② 《汉书·扬雄传》：汉哀帝时，丁、傅、董贤用事，雄方草《太玄》。或嘲雄以玄尚白，而雄解之，号曰《解嘲》。
③ 《太平寰宇记》："诸葛武侯祠在先帝庙西。"
④ 《华阳国志》：成都西城，故锦官城也。
⑤ 诸葛亮《出师表》："三顾臣于草庐之中。"
⑥ 两朝，谓先主及后主。
⑦ 《三国志·蜀书·诸葛亮传》："亮悉大众由斜谷出，以流马运，据武功五丈原，与司马宣王对于渭南。……相持百余日。其年八月，亮疾病，卒于军。"
⑧ 锦里，即锦城。《华阳国志》："锦江，织锦濯其中则鲜明，他江则不好，故命曰锦里也。"

落轻花。卜宅从兹老,为农去国赊。远惭勾漏令①,不得问丹砂。

有客

幽栖地僻经过少,老病人扶再拜难。岂有文章惊海内?漫劳车马驻江干。竟日淹留佳客坐,百年粗粝腐儒餐。不嫌野外无供给,乘兴还来看药栏。

狂夫

万里桥西一草堂②,百花潭水即沧浪③。风含翠篠娟娟静,雨裛红蕖冉冉香④。厚禄故人书断绝,恒饥稚子色凄凉。欲填沟壑唯疏放,自笑狂夫老更狂。

进艇

南京久客耕南亩⑤,北望伤神坐北窗。昼引老妻

---

① 勾漏,山名,《明一统志》:在安南,古勾漏县在山下。参看前《赠李白》注。
② 《华阳国志》:郡治少城西南两江有七桥,南渡流曰万里桥,在成都县南八里。
③ 《太平寰宇记》:杜甫宅在成都西郊外,地名百花潭。
④ 裛,yì,沾湿。
⑤ 南京,即蜀郡。至德二载十二月,始以蜀郡为南京,以其在长安之南。

乘小艇，晴看稚子浴清江。俱飞蛱蝶元相逐，并蒂芙蓉本自双。茗饮蔗浆携所有，瓷罂无谢玉为缸①。

江村

清江一曲抱村流，长夏江村事事幽。自去自来堂上燕，相亲相近水中鸥。老妻画纸为棋局，稚子敲针作钓钩。多病所须唯药物，微躯此外更何求？

野老

野老篱前江岸回，柴门不正逐江开。渔人网集澄潭下，贾客船随返照来。长路关心悲剑阁，片云何意傍琴台②？王师未报收东郡③，城阙秋生画角哀④。

所思

苦忆荆州醉司马⑤，谪官樽俎定常开。九江日落

---

① 罂，yīng，酒器。无谢，犹言不让。
② 琴台乃司马相如琴台之故址。《玉垒山志》："相如琴台在浣花溪北。"
③ 东郡，谓京东诸郡。时史思明虽破，而东都尚未收复。
④ 原注："南京同两都，得称城阙。"
⑤ 原注："崔吏部漪。"崔盖自吏部而谪荆州司马。

醒何处①?一柱观头眠几回②?可怜怀抱向人尽,欲问平安无使来。故凭锦水将双泪,好过瞿塘滟滪堆③。

绝句漫兴九首

眼见客愁愁不醒,无赖春色到江亭。即遣花开深造次,便觉莺语太丁宁。

手种桃李非无主,野老墙低还似家。恰似春风相欺得,夜来吹折数枝花。

熟知茅斋绝低小,江上燕子故来频。衔泥点污琴书内,更接飞虫打着人。

二月已破三月来,渐老逢春能几回。莫思身外无穷事,且尽生前有限杯。

肠断春江欲尽头,杖藜徐步立芳洲。颠狂柳絮随风去,轻薄桃花逐水流。

懒慢无堪不出村,呼儿自在掩柴门。苍苔浊酒

---

① 《尚书·禹贡》:"过九江至于东陵。"《传》曰:"江分为九道,在荆州。"盖指今鄂东、赣北之地。
② 《渚宫旧事》:宋临川王义庆镇江陵,于罗公洲立观甚大,而惟一柱。
③ 瞿塘,瞿塘峡,在今重庆奉节县东十三里,滟滪堆正当其口,为蜀江路之门户,过此即荆州矣。

林中静,碧水春风野外昏。

糁径杨花铺白毡,点溪荷叶叠青钱。笋根雉子无人见,沙上凫雏傍母眠。

舍西柔桑叶可拈,江畔细麦复纤纤。人生几何春已夏,不放香醪如蜜甜。

隔户杨柳弱袅袅,恰似十五女儿腰。谁谓朝来不作意?狂风挽断最长条。

南邻

锦里先生乌角巾,园收芋粟不全贫。惯看宾客儿童喜,得食阶除鸟雀驯。秋水才深四五尺,野航恰受两三人。白沙翠竹江村暮,相对柴门月色新。

出郭

霜露晚凄凄,高天逐望低。远烟盐井上,斜景雪峰西[1]。故国犹兵马[2],他乡亦鼓鼙[3]。江城今夜客,还与旧乌啼。

---

[1] 雪峰,即雪山,在四川松潘县南。
[2] 时东都复陷。
[3] 蜀郡西逼吐蕃,故云。

恨别

洛城一别四千里,胡骑长驱五六年。草木变衰行剑外①,兵戈阻绝老江边。思家步月清宵立,忆弟看云白日眠。闻道河阳近乘胜②,司徒急为破幽燕③。

客至④

舍南舍北皆春水,但见群鸥日日来。花径不曾缘客扫,蓬门今始为君开。盘飧市远无兼味,樽酒家贫只旧醅⑤。肯与邻翁相对饮,隔篱呼取尽余杯。

漫成二首

野日荒荒白,春流泯泯清。渚蒲随地有,村径

---

① 蜀在剑门之外,故曰剑外。变衰,衰落。《楚辞·九辩》:"草木摇落而变衰。"
② 《新唐书·李光弼传》:乾元二年冬十月,光弼悉军赴河阳,大破贼众。上元之年,进围怀州。
③ 光弼时为检校司徒。
④ 原注:"喜崔明府相过。"
⑤ 醅,pēi,酒未渌。

逐门成。只作披衣惯①,常从漉酒生②。眼边无俗物③,多病也身轻。

江皋已仲春④,花下复清晨。仰面贪看鸟,回头错应人。读书难字过⑤,对酒满壶频。近识峨眉老⑥,知予懒是真。

春夜喜雨

好雨知时节,当春乃发生。随风潜入夜,润物细无声。野径云俱黑,江船火独明。晓看红湿处,花重锦官城⑦。

江亭

坦腹江亭卧,长吟野望时。水流心不竞,云在

---

① 陶渊明《移居》诗:"相思则披衣,言笑无厌时。"此处作衣裳不整解。
② 漉酒生,谓以漉酒为生涯。
③ 俗物,谓俗人。《世说新语·排调》:"嵇、阮、山、刘在竹林酣饮,王戎后往,步兵曰:'俗物已复来败人意。'"
④ 江皋,江岸。
⑤ 难字过,谓难识之字任其读过。
⑥ 峨眉山在四川峨眉县西南。原注:"峨眉老指'东山隐者'。"
⑦ 花重,言花着雨而加重。梁简文帝《赋得入阶雨》诗:"渍花枝觉重。"

意俱迟①。寂寂春将晚,欣欣物自私②。故林归未得,排闷强裁诗。

可惜

花飞有底急③?老去愿春迟。可惜欢娱地,都非少壮时。宽心应是酒,遣兴莫过诗。此意陶潜解,吾生后汝期。

寒食

寒食江村路,风花高下飞。汀烟轻冉冉,竹日静晖晖。田父要皆去④,邻家问不违⑤。地偏相识尽,鸡犬亦忘归。

春水生二绝

二月六夜春水生,门前小滩浑欲平。鸂鶒鸬鹚

---

① 二句谓野水争流而予心自静,不欲与之俱竞;闲云徐度,而予心欲动,不觉与之俱迟。
② 物自私,谓物各遂其性。
③ 俗谓"何物"为"底"。有底急,言有何事而飞之急。
④ 谓田父招要,无不赴也。
⑤ 言邻家问馈,亦不违而受之。

莫漫喜,吾与汝曹俱眼明。

一夜水高二尺强,数日不可更禁当。南市津头有船卖,无钱即买系篱旁。

江上值水如海势聊短述

为人性僻耽佳句,语不惊人死不休。老去诗篇浑漫与①,春来花鸟莫深愁②。新添水槛供垂钓③,故著浮槎替入舟。焉得思如陶谢手,令渠述作与同游④。

水槛遣心二首

去郭轩楹敞,无村眺望赊。澄江平少岸,幽树晚多花。细雨鱼儿出,微风燕子斜。城中十万户,此地两三家。

蜀天常夜雨,江槛已朝晴。叶润林塘密,衣干枕席清。不堪祗老病⑤,何得尚浮名?浅把涓涓酒,

---

① 浑漫与,谓随意付与。
② 诗人形容刻露,即花鸟亦应愁怕;今诗篇既随意付与,故谓花鸟可莫深愁。
③ 后有《水槛》诗。
④ 陶谢,谓陶潜、谢朓。言己既无佳句,则思如陶、谢之手笔,使之述作而与同游。
⑤ 祗,zhī,祇也。

深凭送此生。

江畔独步寻花七绝句

江上被花恼不彻①,无处告诉只颠狂。走觅南邻爱酒伴②,经旬出饮独空床。

稠花乱蕊裹江滨,行步欹危实怕春③。诗酒尚堪驱使在,未须料理白头人④。

江深竹静两三家,多事红花映白花。报答春光知有处,应须美酒送生涯。

东望少城花满烟⑤,百花高楼更可怜。谁能载酒开金盏,唤取佳人舞绣筵⑥?

黄师塔前江水东⑦,春光懒困倚微风。桃花一簇

---

① 彻,尽。
② 原注:"斛斯融,吾酒徒。"
③ 欹危,倾侧不稳。
④ 料理,照料。
⑤ 少城,成都西城。左思《蜀都赋》:"亚以少城,接乎其西。"注:"少城,小城也;在大城西,市在其中也。"
⑥ 佳人,指为花楼上之人。
⑦ 陆游《老学庵笔记》:"予在成都,偶以事至犀浦,过松林甚茂。问驭卒:'此何处?'答曰:'师塔也。'盖谓僧所葬之塔。于是乃悟杜诗'黄师塔前江水东'之句。"

开无主,可爱深红爱浅红①?

黄四娘家花满蹊,千朵万朵压枝低。留连戏蝶时时舞,自在娇莺恰恰啼。

不是爱花即欲死,只恐花尽老相催。繁枝容易纷纷落,嫩叶商量细细开。

闻斛斯六官未归②

故人南郡去③,去索作碑钱。本卖文为活,翻令室倒悬。荆扉深蔓草,土锉冷疏烟④。老罢休无赖⑤,归来省醉眠。

赴青城县出成都寄陶王二少尹⑥

老耻妻孥笑,贫嗟出入劳。客情投异县,诗态

---

① 言桃花稠密,可是爱深红乎,抑爱浅红乎?
② 斛斯六官,即斛斯融(见前诗注),俗称行几为几官。
③ 南郡,谓江陵府,以在荆州南也。
④ 锉,cuò。土锉,乃黔蜀人语,即行锅也。
⑤ 老罢,言老则百事皆罢。
⑥ 青城县,今四川都江堰市,因山为名。山在县西南,一名丈人山。时成都称南京,故如京兆,置少尹。

忆吾曹。东郭沧江合①,西山白雪高②。文章差底病③,回首兴滔滔。

送韩十四江东觐省④

兵戈不见老莱衣⑤,叹息人间万事非。我已无家寻弟妹,君今何处访庭闱?黄牛峡静滩声转⑥,白马江寒树影稀⑦。此别应须各努力,故乡犹恐未同归。

茅屋为秋风所破歌

八月秋高风怒号,卷我屋上三重茅。茅飞渡江洒江郊:高者挂罥长林梢⑧,下者飘转沉塘坳。南村群童欺我老无力,忍能对面为盗贼。公然抱茅入竹去,唇焦口燥呼不得。归来倚杖自叹息,俄顷风定

---

① 东郭,指成都,以青城在成都西也。
② 西山,指青城山。
③ 差,差错。差底病,谓差在何病。
④ 韩十四,盖作者同乡人,必其父母避乱江东而往省之。
⑤ 老莱子,春秋时楚人,性至孝,行年七十,作婴儿戏,着五彩衣,以娱其亲。
⑥ 黄牛峡在今湖北宜昌市,与下句白马江,皆东行所经之处。
⑦ 白马江在今四川崇庆市东北十里。
⑧ 罥,juàn,挂。

云墨色。秋天漠漠向昏黑，布衾多年冷似铁。骄儿恶卧踏里裂，床头屋漏无干处，雨脚如麻未断绝。自经丧乱少睡眠，长夜沾湿何由彻①？安得广厦千万间，大庇天下寒士俱欢颜，风雨不动安如山？呜呼！何时眼前突兀见此屋？吾庐独破受冻死亦足。

百忧集行

忆年十五心尚孩，健如黄犊走复来。庭前八月梨枣熟，一日上树能千回。即今倏忽已五十，坐卧只多少行立。强将笑语供主人，悲见生涯百忧集。入门依旧四壁空，老妻睹我颜色同。痴儿未知父子礼，叫怒索饭啼门东②。

不见③

不见李生久，佯狂真可哀！世人皆欲杀，吾意

---

① 彻，谓彻晓，即达旦意。
② 《漫叟诗话》："庖厨之门在东，故曰啼门东，非起韵也。"
③ 原注："近无李白消息。"

独怜才。敏捷诗千首,飘零酒一杯。匡山读书处①,头白好归来。

草堂即事

荒村建子月②,独树老夫家。雾里江船渡,风前径竹斜。寒鱼依密藻,宿鹭起圆沙。蜀酒禁愁得③,无钱何处赊?

屏迹三首

用拙存吾道,幽居近物情。桑麻深雨露,燕雀半生成④。村鼓时时急,渔舟个个轻。杖藜从白首,心迹喜双清。

晚起家何事,无营地转幽。竹光团野色,舍影漾江流。失学从儿懒,长贫任妇愁。百年浑得醉,

---

① 关于匡山,自来注家有两说:其一引《唐诗纪事》所载东蜀杨天惠《彰明逸事》,谓李白生于彰明,微时隐居大匡山,今犹有读书堂云云;又一说则谓是匡庐山。今按诗意,白为蜀人,而作者时亦在蜀,盼其归来,当以前说为是。
② 《新唐书·肃宗纪》:肃宗上元二年九月,诏去"上元"号,称元年,以十一月为岁首,名为建子月。壬午朔,上受朝贺,如正旦仪。
③ 禁,jīn。禁愁得,谓可以消愁。
④ 半生成,谓一半方生一半已成。

一月不梳头。

衰颜甘屏迹,幽事供高卧。鸟下竹根行,龟开萍叶过。年荒酒价乏,日并园蔬课。犹酌甘泉歌,歌长击樽破①。

少年行

马上谁家白面郎?临阶下马坐人床。不通姓字粗豪甚,指点银瓶索酒尝。

赠花卿②

锦城丝管日纷纷,半入江风半入云。此曲只应天上有,人间能得几回闻?

遭田父泥饮美严中丞③

步屧随春风,村村自花柳。田翁逼社日,邀我

---

① 酌甘泉而击空樽,以无酒也。
② 花卿,花惊定,时为西川牙将。上元二年,梓州刺史段子璋反,袭东川节度使李奂于绵州,自称梁王,改元黄龙,以绵州为黄龙府,置百官。花惊定从成都尹崔光远攻拔绵州,斩子璋。
③ 泥,nì。泥饮,谓强之饮。美严中丞,指田父之言,非作者美之也。严中丞,严武也。《旧唐书·严武传》:武初以御史中丞出为绵州刺史,迁东川节度使,再拜成都尹,兼御史大夫,充剑南节度使。

尝春酒。酒酣夸新尹,畜眼未见有。回头指大男,渠是弓弩手。名在飞骑籍,长番岁时久①。前日放营农②,辛苦救衰朽。差科死则已③,誓不举家走。今年大作社,拾遗能住否?叫妇开大瓶,盆中为吾取。感此气扬扬,须知风化首。语多虽杂乱,说尹终在口④。朝来偶然出,自卯将及酉。久客惜人情,如何拒邻叟?高声索果栗,欲起时被肘⑤。指挥过无礼,未觉村野丑。月出遮我留,仍嗔问升斗。

奉酬严公寄题野亭之作⑥

拾遗曾奏数行书,懒性从来水竹居。奉引滥骑

---

① 《新唐书·兵志》:"择材勇者为番头,颇习弩射;又有羽林军飞骑,亦习弩。"长番,谓长在军籍无更代者。
② 放营农,谓放归务农。
③ 差科,乃在长番以外之兵役。
④ 尹,指严中丞,以时为成都尹。
⑤ 肘,谓捉其肘而留之。《史记·魏世家》:"魏桓子肘韩康子……于车上。"
⑥ 严公,严武。孔平仲《续世说》:严武为成都尹,甫与武世旧,待遇甚隆,"甫于成都浣花里种竹植树,结庐枕江,纵酒笑咏,与田畯野老相荡狎,无拘检;武过之,有时不冠"。严武《寄题杜拾遗锦江野亭》诗云:"漫向江头把钓竿,懒眠沙草爱风湍。莫倚善题鹦鹉赋,何须不着鵔鸃冠?腹中书籍幽时晒,肘后医方静处看。兴发会能驰骏马,终须重到使君滩。"

沙苑马①,幽栖真钓锦江鱼。谢安不倦登临费②,阮籍焉知礼法疏③?枉沐旌麾出城府,草茅无径欲教锄。

三绝句

楸树馨香倚钓矶④,斩新花蕊未应飞⑤。不如醉里风吹尽,可忍醒时雨打稀。

门外鸬鹚去不来,沙头忽见眼相猜。自今已后知人意,一日须来一百回。

无数春笋满林生,柴门密掩断人行。会须上番看成竹⑥,客至从嗔不出迎。

溪涨⑦

当时浣花桥⑧,溪水才尺余。白石明可把,水中

---

① 奉引,谓引道者。《汉官仪》:"大驾则公卿奉引。"
② 《晋书·谢安传》:安于东山营墅,楼馆竹林甚盛;子弟游集肴膳,亦屡费百金。
③ 《三国志·魏书·阮籍传》:籍性疏懒,礼法之士嫉之如仇。
④ 楸树,落叶乔木,叶似桐,夏开黄绿色细花。
⑤ 斩新,极新也,犹俗言簇新。
⑥ 上番,犹初番也。种竹家初番出者壮大,养以成竹;后出渐小,则取食之。看,谓看守。
⑦ 此阻于溪水不得归草堂而作也。
⑧ 浣花桥,谓浣花溪上之桥,即万里桥。

有行车。秋夏忽泛溢,岂惟入吾庐?蛟龙亦狼狈,况是鳖与鱼。兹晨已半落,归路跬步疏①。马嘶未敢动,前有深填淤。青青屋东麻,散乱床上书。不知远山雨,夜来复何如。我游都市间,晚憩必村墟②。乃知久行客,终日思其居。

苦战行③

苦战身死马将军④,自云伏波之子孙⑤。干戈未定失壮士,使我叹恨伤精魂。去年江南讨狂贼⑥,临江把臂难再得。别时孤云今不飞,时独看云泪横臆。

去秋行⑦

去秋涪江木落时⑧,臂枪走马谁家儿?到今不知

---

① 跬,kuǐ。跬步,半步。
② 村墟,指草堂。言平时每出,晚必归草堂宿。
③ 伤战死之将也。
④ 马将军,未详其名。上元二年,段子璋反,陷遂州、绵州,马将军会兵攻之,为所败,死于遂州(今四川遂宁市)。
⑤ 伏波,后汉马援拜伏波将军。
⑥ 遂州在涪江(见下《去秋行》注)之南,故曰江南。
⑦ 述段子璋之乱而伤战败之士也。
⑧ 涪,fú。涪江,源出四川松潘县东北雪栏山东南,流经江油、绵阳、遂宁等地,至重庆市合川区与嘉陵江合,为段子璋乱事之作战区域。

白骨处，部曲有去皆无归。遂州城中汉节在①，遂州城外巴人稀。战场冤魂每夜哭，空令野营猛士悲。

观打鱼歌

绵州江水之东津②，鲂鱼鲅鲅色胜银③。渔人漾舟沉大网，截江一拥数百鳞。众鱼常才尽却弃，赤鲤腾出如有神。潜龙无声老蛟怒，回风飒飒吹沙尘。饔子左右挥霜刀④，脍飞金盘白雪高⑤。徐州秃尾不足忆⑥，汉阴槎头远遁逃⑦。鲂鱼肥美知第一，既饱欢娱亦萧瑟⑧。君不见朝来割素鬐，咫尺波涛永相失？

---

① 段子璋反，遂州刺史虢属郡礼出迎，子璋杀之，故云遂州城中汉节在，盖伤之也。
② 绵州，今四川绵阳市。江水，即涪江上游。
③ 鲅鲅，bōbō，鱼掉尾貌。
④ 饔子，庖人。
⑤ 脍，kuài，细切肉。
⑥ 陆玑《毛诗草木鸟兽虫鱼疏》："鳏似鲂，厚而头大，鱼之不美者；……其头尤大而肥者，徐州人谓之鲢，或谓之鳙。"徐州秃尾或即指此。
⑦ 《襄阳耆旧传》："汉水中出鳊鱼，肥美，常禁人采捕，以槎断水，谓之槎头鳊。"
⑧ 谓一饱之后仍归萧瑟也。

又观打鱼

苍江渔子清晨集,设网提纲万鱼急。能者操舟疾若风,撑突波涛挺叉入。小鱼脱漏不可记,半死半生犹戢戢①。大鱼伤损皆垂头,屈强泥沙有时立②。东津观鱼已再来,主人罢鲙还倾杯。日暮蛟龙改窟穴,山根鳣鲔随云雷③。干戈兵革斗未止,凤凰麒麟安在哉?吾徒胡为纵此乐?暴殄天物圣所哀。

越王楼歌 ④

绵州州府何磊落⑤!显庆年中越王作⑥。孤城西北起高楼,碧瓦朱甍照城郭。楼下长江百丈清,山头落日半轮明。君王旧迹今人赏,转见千秋万古情。

---

① 戢戢,聚集貌。
② 屈强,同"倔强"。
③ 鳣,zhān,鲤类。鲔,wěi,似鳣而青黑。随云雷,言亦逐蛟龙而去。
④ 《绵州图经》:"越王楼在绵州城外,西北有高台百尺,上有楼,下瞰州城,唐显庆中太宗子越王贞为绵州刺史日建。"
⑤ 州府,谓州之州治。
⑥ 显庆,高宗年号(公元656—661年)。

杜甫诗

宗武生日①

小子何时见?高秋此日生。自从都邑语,已伴老夫名②。诗是吾家事,人传世上情③。熟精《文选》理④,休觅彩衣轻⑤。凋瘵筵初秩,欹斜坐不成。流霞分片片⑥,涓滴就徐倾。

光禄坂行⑦

山行落日下绝壁,西望千山万山赤。树枝有鸟乱鸣时,暝色无人独归客。马惊不忧深谷坠,草动只怕长弓射。安得更似开元中⑧?道路即今多拥隔。

---

① 宗武为杜甫次子。
② 言知我者无不知宗武之名。
③ 言我以诗传家,而世人徒有寻常父子情耳。
④ 《文选》,梁昭明太子萧统编,选录秦、汉、三国以下各朝之诗文,唐显庆中,李善始为之作注。
⑤ 言娱亲之事,不必太重视。详见前《送韩十四江东觐省》注。
⑥ 流霞,仙酒也。
⑦ 旧注:光禄坂在梓州铜山县(今四川三台县境)。
⑧ 开元,玄宗年号(公元713—741年)。《旧唐书·玄宗纪》:开元中天下富安,行者虽万里不持寸刃。

悲秋

凉风动万里,群盗尚纵横。家远传书日,秋来为客情。愁窥高鸟过,老逐众人行。始欲投三峡①,何由见两京②?

客夜③

客睡何曾著?秋天不肯明。卷帘残月影,高枕远江声。计拙无衣食,途穷仗友生。老妻书数纸,应悉未归情。

客亭

秋窗犹曙色,落木更天风。日出寒山外,江流宿雾中。圣朝无弃物,老病已成翁。多少残生事,飘零似转蓬。

---

① 三峡,即瞿塘峡、巫峡、西陵峡,为蜀东门户。
② 两京,即西京长安、东京洛阳。
③ 作者时客梓州,此当因得家书后有感不寐而作。书中必有催归之语,故末语云然。

九日登梓州城

伊昔黄花酒,如今白发翁。追欢筋力异,望远岁时同。弟妹悲歌里,朝廷醉眼中。兵戈与关塞,此日意无穷。

相从歌赠严二别驾①

我行入东川②,十步一回首。成都乱罢气萧飒③,浣花草堂亦何有?梓中豪俊大者谁④?本州从事知名久⑤。把臂开樽饮我酒,酒酣击剑蛟龙吼。乌帽拂尘青骡粟⑥,紫衣将炙绯衣走⑦。铜盘烧蜡光吐日,夜如何其初促膝。黄昏始扣主人门,谁谓俄顷胶在漆⑧?

---

① 别驾,为州刺史之佐吏。
② 梓州为东川节度使辖地。
③ 成都乱,指徐知道之乱,事在宝应元年秋。
④ 梓中,梓州,今四川三台县治。
⑤ 别驾古称从事。严二,梓州人,故称本州从事。
⑥ 言乌帽则拂去其尘,青骡则饲之以粟,即"与奴白饭马青刍"意,极言主人待客之厚也。
⑦ 紫衣、绯衣,殆指其子弟之供役者。
⑧ 胶在漆,喻交情厚也。《后汉书·雷义传》:陈重与雷义为友,乡里语曰:"胶漆自谓坚,不如雷与陈。"

万事尽付形骸外，百年未见欢娱毕。神倾意豁真佳士，久客多忧今愈疾。高视乾坤又可愁，一躯交态同悠悠[①]。垂老遇君未恨晚，似君须向古人求。

早发射洪县南途中作[②]

将老忧贫窭，筋力岂能及？征途乃侵星[③]，得使诸病入。鄙人寡道气，在困无独立。俶装逐徒旅[④]，达曙凌险涩[⑤]。寒日出雾迟，清江转山急。仆夫行不进，驽马若维絷[⑥]。汀洲稍疏散，风景开怏悒。空慰所尚怀[⑦]，终非曩游集。衰颜偶一破，胜事难屡挹。茫然阮籍途[⑧]，更洒杨朱泣[⑨]。

---

① 言知心者少也。
② 射洪县，唐属潼州，今四川遂宁市射洪县。
③ 侵星，犹言冒星。鲍照《浔阳还都道中》诗："侵星赴早路。"
④ 俶装，始装。张衡《思玄赋》："简元辰而俶装。"
⑤ 涩，难行。
⑥ 絷，zhí，系。
⑦ 所尚怀，谓意所好尚也。
⑧ 《三国志·魏书·阮籍传》注："（籍）时率意独驾，不由径路，车迹所穷，辄恸哭而返。"
⑨ 《淮南子·说林训》："杨子见逵路而哭之，为其可以南可以北。"

通泉驿南去通泉县十五里山水作①

溪行衣自湿,亭午气始散。冬温蚊蚋在,人远凫鸭乱。登顿生曾阴②,欹倾出高岸。驿楼衰柳侧,县郭轻烟畔。一川何绮丽,尽目穷壮观。山色远寂寞,江光夕滋漫③。伤时愧孔父④,去国同王粲⑤。我生苦飘零,所历有嗟叹。

陪王侍御宴通泉东山野亭

江水东流去,清樽日复斜。异方同宴赏,何处是京华?亭景临山水,村烟对浦沙。狂歌过形胜,得醉即为家。

---

① 《旧唐书·地理志》:通泉县属梓州,广汉县地。按:即今四川遂宁市地,在射洪县东南,涪江之阳。
② 登顿,谓上下也。谢灵运《过始宁墅》诗:"山行穷登顿。"
③ 山,谓通泉山。江,谓涪江。《太平寰宇记》:"通泉山在县西北二十里,东临涪江,绝壁二百余丈,水从山顶涌出,下注于涪江。"
④ 孔父,即孔子。孔子之叹凤泣麟,皆伤时之意。
⑤ 王粲,东汉末人。汉献帝西迁,王粲之荆州依刘表。其《七哀诗》云:"西京乱无象,豺虎方构患。复弃中国去,远身适荆蛮。"

闻官军收河南河北[①]

剑外忽传收蓟北[②],初闻涕泪满衣裳。却看妻子愁何在,漫卷诗书喜欲狂。白日放歌须纵酒,青春作伴好还乡。即从巴峡穿巫峡[③],便下襄阳向洛阳[④]。

远游

贱子何人记?迷方著处家[⑤]。竹风连野色,江沫拥春沙。种药扶衰病,吟诗解叹嗟。似闻胡骑走[⑥],失喜问京华[⑦]。

春日梓州登楼二首

行路难如此,登楼望欲迷。身无却少壮,迹有

---

① 宝应元年十一月,官军破贼于洛阳,河南平。史朝义走河北,李怀仙斩其首以献,河北平。此诗作者在剑外闻捷书而作也。
② 剑外,谓剑门之外。
③ 巴峡,通指江自巫峡以东至湖北巴东县之一段而言。作者想象沿江东下,似应先巫峡而后巴峡。此云"即从巴峡穿巫峡"者,殆以巴峡特巫峡之一口耳。
④ 原注:"余田园在东京。"
⑤ 鲍照《拟古》诗:"南国有儒生,迷方独沦误。"
⑥ 犹不敢确信。
⑦ 失喜,喜极而不能自制。

但羁栖①。江水流城郭,春风入鼓鞞。双双新燕子,依旧已衔泥。

天畔登楼眼,随春入故园。战场今始定②,移柳更能存③?厌蜀交游冷,思吴胜事繁④。应须理舟楫,长啸下荆门。

送路六侍御入朝

童稚情亲四十年,中间消息两茫然。更为后会知何地,忽漫相逢是别筵⑤。不分桃花红胜锦⑥,生憎柳絮白于绵。剑南春色还无赖,触忤愁人到酒边。

涪城县香积寺官阁⑦

寺下春江深不流,山腰官阁迥添愁。含风翠壁

---

① 言此身欲无少壮,而浪迹但有羁栖。
② 时东京新复。
③ 庾信《哀江南赋》:"钓台移柳,非玉关之可望。"言乱虽定而家未必存,故下复思他适也。
④ 作者少时曾游吴越。
⑤ 言方逢而即别也。
⑥ 不分,犹言不合。
⑦ 涪城县,属梓州。香积山在涪城县东南三里,北枕涪江。香积寺在香积山上。

孤云细，背日丹枫万木稠。小院回廊春寂寂，浴凫飞鹭晚悠悠。诸天合在藤萝外，昏黑应须到上头。

登牛头山亭子①

路出双林外，亭窥万井中。江城孤照日，春谷远含风。兵革身将老，关河信不通。犹残数行泪，忍对百花丛。

倚杖②

看花虽郭内，倚杖即溪边③。山县早休市，江桥春聚船。狎鸥轻白浪④，归雁喜青天。物色兼生意，凄凉忆去年⑤。

---

① 《太平寰宇记》："牛头山在县（梓州郪县）西南二里，形似牛头，四面孤绝，俯临州郭，下有长乐寺，楼阁烟花，为一方之胜概。"
② 原注："盐亭县作。"按：盐亭县，唐时属梓州，在州治东九十里，即今四川盐亭县。
③ 言风景一如郊外也。
④ 狎鸥，谓狎熟之鸥。
⑤ 谓去年避乱于此。

舟前小鹅儿①

鹅儿黄似酒②,对酒爱新鹅。引颈嗔船逼,无行乱眼多③。翅开遭宿雨,力小困沧波。客散层城暮,狐狸奈若何。

官池春雁二首

自古稻粱多不足,至今鸂鶒乱为群。且休怅望看春水,更恐归飞隔暮云。

青春欲尽急还乡,紫塞宁论尚有霜④?翅在云天终不远,力微缯缴绝须防。

赠韦赞善别⑤

扶病送君发,自怜犹不归。只应尽客泪,复作

---

① 原注:"汉州城西北角官池作。"按:汉州,唐时属绵州,即今四川广汉市。
② 《方舆胜览》:"鹅黄乃汉中酒名。"故以酒比鹅儿色也。
③ 行,háng,行次。
④ 紫塞在雁门关下。北地寒,故尚有霜。
⑤ 赞善,唐时官名。《新唐书·百官志》:东宫官:左赞善大夫五人,掌传令,讽过失,赞礼仪。

掩荆扉。江汉故人少，音书从此稀。往还二十载，岁晚寸心违。

短歌行送祁录事归合州因寄苏使君①

前者途中一相见，人事经年记君面。后生相动何寂寥！君有长才不贫贱。君今起柂春江流，余亦沙边具小舟。幸为达书贤府主②，江花未尽会江楼。

寄题江外草堂③

我生性放诞，雅欲逃自然。嗜酒爱风竹，卜居必林泉。遭乱到蜀江，卧疴遣所便。诛茅初一亩，广地方连延。经营上元始，断手宝应年④。敢谋土木丽？自觉面势坚。台亭随高下，敞豁当清川。惟有会心侣，数能同钓船。干戈未偃息，安得酣歌眠⑤？

---

① 《旧唐书·地理志》：合州涪陵郡属剑南东道。按：即今重庆合川区。
② 贤府主，指苏使君。
③ 原注："梓州作，寄成都故居。"
④ 肃宗乾元元年十二月，公至成都。上元元年乃建草堂之始，又二年为宝应元年，乃成草堂之日也。断手，犹言竣事。
⑤ 公以避徐知道乱入梓，遂移家寓焉。

蛟龙无定窟,黄鹄摩苍天。古来达士志,宁受外物牵?顾惟鲁钝姿,岂识悔吝先①?偶携老妻去,惨澹凌风烟。事迹无固必,幽贞愧双全②。尚念四小松,蔓草易拘缠。霜骨不甚长③,永为邻里怜。

韦讽录事宅观曹将军画马图④

国初已来画鞍马,神妙独数江都王⑤。将军得名三十载,人间又见真乘黄⑥。曾貌先帝照夜白⑦,龙池

---

① 谓未能先几引去。
② 谓不能高隐而出于转徙也。
③ 霜骨,指松。
④ 曹将军,曹霸。张彦远《历代名画记》:"曹霸,魏曹髦之后。髦画称于后代。霸在开元中已得名,天宝末每诏写御马及功臣,官至左武卫将军。"朱鹤龄云:"曹将军《九马图》后藏长安薛绍彭家,苏子瞻作赞。"
⑤ 《历代名画记》:"江都王绪,霍王元轨之子,太宗皇帝犹子也。多才艺,善书,画鞍马,擅名垂拱中,官至金州刺史。"又朱景玄《唐朝名画录》:"江都王善画雀、蝉、驴子,应制明皇《潞府十九瑞应图》,实造神极妙。"
⑥ 乘黄,兽名。《山海经》:"(白民之国)有乘黄,其状如狐,其背上有角,乘之,寿二千岁。"董逌《广川画跋》:"曹霸画马,与当时人绝迹,其径度似不可得而寻也。若其以形似求者,亦马也,不过类真马耳。"
⑦ 貌,描摹。先帝,谓玄宗。吴曾《能改斋漫录》引《明皇杂录》:"上所乘马有玉花骢、照夜白。"汤垕君《画鉴》:"曹霸人马图,红衣美髯奚官牵玉面骓,绿衣阉官牵照夜白。"

十日飞霹雳①。内府殷红马脑盘,婕妤传诏才人索②。盘赐将军拜舞归,轻纨细绮相追飞。贵戚权门得笔迹,始觉屏障生光辉。昔日太宗拳毛䯄③,近时郭家狮子花④。今之新图有二马,复令识者久叹嗟。此皆骑战一敌万,缟素漠漠开风沙⑤。其余七匹亦殊绝,迥若寒空动烟雪。霜蹄蹴踏长楸间,马官厮养森成列⑥。可怜九马争神骏,顾视清高气深稳⑦。借问苦心爱者谁,后有韦讽前支遁⑧。忆昔巡幸新丰宫⑨,翠华

---

① 《唐六典》注:兴庆宫,玄宗潜龙旧宅也。宅东有旧井,忽涌为小池,常有云气或黄龙出其中。景云中,其沼浸广,遂洑洞为龙池焉。此言霸画逼真龙马,故能感动龙池之龙随风雷而至。
② 言内府传诏索其画而以马脑盘赐之也。婕妤、才人,皆内府官名。《新唐书·百官志》:"婕妤九人,正三品……才人五人,正五品。"
③ 䯄,guā。《长安志》:太宗六骏,……五曰拳毛䯄,平刘黑闼时所乘。
④ 狮子花,苏鹗《杜阳杂编》:代宗自陕还,命以御马九花虬并紫玉鞭辔赐郭子仪。九花虬额高九寸,毛拳如鳞;亦有狮子骢,皆其类。陈耀文《天中记》:"杜诗狮子花即九花虬。"
⑤ 缟素,指画绢。言缟素一开,如见战地风沙。
⑥ 厮养,指卒,亦画中所见者。析薪为厮,炊烹为养。
⑦ 顾视清高,状昂首貌;气深稳,状稳健貌。
⑧ 支遁,晋时道者。《世说新语·言语》:"(支遁)常养数匹马,或言:'道人畜马不韵。'支曰:'贫道重其神骏。'"
⑨ 新丰宫在骊山(今陕西西安市临潼区东南)下,玄宗常巡幸焉。

拂天来向东。腾骧磊落三万匹①,皆与此图筋骨同。自从献宝朝河宗②,无复射蛟江水中③。君不见?金粟堆前松柏里④,龙媒去尽鸟呼风⑤。

送韦讽上阆州录事参军

国步犹艰难,兵革未衰息。万方哀嗷嗷,十载供军食。庶官务割剥,不暇忧反侧。诛求何多门,贤者贵为德。韦生富春秋,洞澈有清识。操持纪纲地,喜见朱丝直。当令豪夺吏,自此无颜色。必若救疮痍,先应去蟊贼。挥泪临大江,高天意凄恻。

---

① 王洙注:明皇幸骊山,王毛仲以厩马数万从,每色为一队,相间若锦绣。
② 引穆天子故事以比玄宗之升遐。《穆天子传》:天子西征至阳行之山——河伯冯夷之所都居——是惟河宗氏。天子沉璧于河,河伯乃与天子披图视典,用观天子之宝器。《玉海》引《水经注》云:"玉果、璿玕烛、银金膏等物,皆河图所载,河伯所献。穆王视图,乃导以西迈矣。"
③ 用汉武帝故事以比明皇之好大喜功。《汉书·武帝纪》:"(元封五年)自寻阳浮江亲射蛟江中,获之。"
④ 金粟,山名,明皇陵所在。《长安志》:明皇泰陵在蒲城东北三十里金粟山。广德元年三月,葬泰陵。按:蒲城,唐名奉先县,即今陕西渭南市蒲城县。
⑤ 龙媒,骏马。汉武帝《天马歌》:"天马徕龙之媒。"

行行树佳政,慰我深相忆。

丹青引赠曹将军霸

将军魏武之子孙,于今为庶为清门①。英雄割据虽已矣,文采风流今尚存。学书初学卫夫人②,但恨无过王右军③。丹青不知老将至,富贵于我如浮云。开元之中常引见,承恩数上南薰殿④。凌烟功臣少颜色⑤,将军下笔开生面。良相头上进贤冠⑥,猛将腰间大羽箭。褒公鄂公毛发动⑦,英姿飒爽来酣战。先帝御马玉花骢,画工如山貌不同⑧。是日牵来赤墀下,迥立阊阖生长风。诏谓将军拂绢素,意匠惨淡经营中。斯须九重真龙出,一洗万古凡马空。玉花却在

---

① 魏武帝,曹操。《左传》:"三后之姓,于今为庶。"
② 卫夫人,名铄,晋卫恒侄女,李矩之妻,正书入妙,王羲之尝师之。
③ 《书断》:王右军,即王羲之,晋人,为右军将军,草隶古今之冠。
④ 《长安志》:南内兴庆宫,内有南薰殿。
⑤ 凌烟,阁名,唐太宗尝图画功臣于其上。
⑥ 进贤冠,即古之缁布冠,贵贱以梁数为差。唐制:百官朝服,皆进贤冠。
⑦ 凌烟阁功臣二十四人:鄂国公尉迟敬德第七,褒国公段志玄第十一。
⑧ 貌不同,谓传写不肖。

御榻上,榻上庭前屹相向。至尊含笑催赐金,圉人太仆皆惆怅①。弟子韩幹早入室②,亦能画马穷殊相。幹惟画肉不画骨,忍使骅骝气凋丧。将军画善盖有神,偶逢佳士亦写真。即今飘泊干戈际,屡貌寻常行路人。途穷反遭俗眼白,世上未有如公贫。但看古来盛名下,终日坎壈缠其身③。

九日

去年登高郪县北④,今日重在涪江滨。苦遭白发不相放,羞见黄花无数新。世乱郁郁久为客,路难悠悠常傍人。酒阑却忆十年事,肠断骊山清路尘⑤。

---

① 画马夺真,故圉人、太仆为之惆怅。太仆,马官。圉人,掌管养马放牧的职官。
② 《历代名画记》:韩幹,大梁人,官至太府寺丞,善写貌人物,尤工鞍马。初师曹霸,后独白擅。玄宗好大马,西域、大宛,岁有来献,命幹悉图其骏。时,岐、薛、申、宁王厩中皆有善马,幹并图之,遂为古今独步。
③ 壈,lǎn。坎壈,不得志。《楚辞·九辩》:"坎廪兮贫士,失职而志不平。"校订者按:坎廪,同"坎壈"。
④ 郪,qī。郪县,唐属梓州,即今四川射洪县。参看《登牛头山亭子》注。
⑤ 天宝十四年冬,作者自京师归奉先,路经骊山,明皇方幸华清宫,安禄山反,然后还京师,至此十年矣。清路尘者,谓辇出而清道。

倦夜

竹凉侵卧内,野月满庭隅。重露成涓滴,稀星乍有无。暗飞萤自照,水宿鸟相呼。万事干戈里,空悲清夜徂。

薄暮

江水长流地,山云薄暮时。寒花隐乱草,宿鸟择深枝。旧国见何日?高秋心苦悲。人生不再好,鬓发自成丝。

严氏溪放歌行

天下甲马未尽销,岂免沟壑常漂漂?剑南岁月不可度,边头公卿仍独骄。费心姑息是一役,肥肉大酒徒相要①。呜呼古人已粪土!独觉志士甘渔樵。况我飘转无定所,终日戚戚忍羁旅。秋宿霜溪素月高,喜得与子长夜语。东游西还力实倦,从此将身

---

① 谓是辈公卿也者,有时小惠姑息,其所费心,不过相要一役而已,酒肉之外,岂有爱敬真情乎?

更何许？知子松根长茯苓①，迟暮有意来同煮。

发阆中②

前有毒蛇后猛虎，溪行尽日无村坞。江风萧萧云拂地，山木惨惨天欲雨。女病妻忧归意急，秋花锦石谁复数？别家三月一得书③，避地何时免愁苦？

冬狩行④

君不见？东川节度兵马雄，校猎亦似观成功。夜发猛士三千人，清晨合围步骤同。禽兽已毙十七八，杀声落日回苍穹。幕前生致九青兕，馲驼䯂崀垂玄熊⑤。东西南北百里间，仿佛蹴踏寒山空。有鸟名鸜鹆⑥，力不能高飞逐走蓬，肉味不足登鼎俎，何为见羁虞罗中？春蒐冬狩侯得同⑦，使君五马一马

---

① 《本草纲目》：茯苓，千岁松脂也，作丸散服，能断谷不饥。
② 唐时阆中县属梓州，故城在今四川阆中市东二十里。作者以广德元年（时年五十二）冬末自阆还梓。
③ 时作者家在梓州。
④ 原注："时梓州刺史章彝兼侍御使，留后东川。"
⑤ 馲驼，即骆驼。䯂崀，lěiwěi，高貌。
⑥ 鸜鹆，qúyù，俗名八哥。
⑦ 蒐狩本天子礼，而诸侯得行之，故曰侯得同。

骢①。况今摄行大将权②,号令颇有前贤风。飘然时危一老翁,十年厌见旌旗红。喜君士卒甚整肃,为我回辔擒西戎③。草中狐兔尽何益?天子不在咸阳宫④。朝廷虽无幽王祸⑤,得不哀痛尘再蒙⑥!呜呼,得不哀痛尘再蒙!

将适吴楚留别章使君留后兼幕府诸公得柳字⑦

我来入蜀门,岁月亦已久。岂惟长儿童?自觉成老丑。常恐性坦率,失身为杯酒。近辞痛饮徒,折节万夫后⑧。昔如纵壑鱼⑨,今如丧家狗⑩。既无游方恋,行止复何有?相逢半新故,取别随薄厚⑪。不意

---

① 汉时朝臣出使为太守增一马,故曰五马;一马骢,言兼侍御史。
② 摄行大将权,言其留后东川。
③ 西戎,指吐蕃。
④ 时吐蕃陷京,代宗奔陕州。
⑤ 《史记·周本纪》:申侯与犬戎攻杀幽王于骊山之下。
⑥ 前安禄山之乱,玄宗奔蜀;今吐蕃入寇,代宗奔陕:故曰尘再蒙。
⑦ 留后,见前诗注。
⑧ 折节,言痛改其旧所为也。
⑨ 王褒《圣主得贤臣颂》:"沛乎若巨鱼纵大壑。"
⑩ 《孔子家语》:"累然如丧家之狗。"
⑪ 谓各有馈赆之资也。

青草湖①，扁舟落吾手②。眷眷章梓州，开筵俯高柳。楼前出骑马，帐下罗宾友。健儿簇红旗，此乐或难朽。日车隐昆仑③，鸟雀噪户牖。波涛未足畏，三峡徒雷吼。所忧盗贼多，重见衣冠走④。中原消息断，黄屋今安否⑤？终作适荆蛮⑥，安排用庄叟⑦？随云拜东皇⑧，挂席上南斗⑨。有使即寄书，无使长回首。

征夫

十室几人在？千山空自多！路衢唯见哭，城市不闻歌。漂梗无安地，衔枚有荷戈⑩。官军未通

---

① 青草湖，在湖南湘阴县北一百里。
② 言久思下峡，而今始得遂。
③ 谓日西落。
④ 走，谓走散。禄山、吐蕃两陷京师，故曰重见。
⑤ 黄屋，天子所乘之车。时代宗在陕州，故云。
⑥ 王粲《七哀诗》："复弃中国去，远身适荆蛮。"荆蛮，楚地。
⑦ 《庄子·大宗师》："安排而去化，乃入于寥天一。"注："安于推移，而与化俱去，故乃入于寂寥，而与天为一也。"
⑧ 东皇，神名，其祠在楚。《楚辞·九歌》有《东皇太一》一章。《文选》注："太一，星名，天之尊神，祠在楚东，以配东帝，故云东皇。"
⑨ 挂席，挂帆。南斗，星名，吴之分野，以代吴地。
⑩ 《周礼·秋官·衔枚氏》：军旅令衔枚，禁无器。《汉书·高帝纪》注："衔枚者，止言语欢嚣，……枚状如箸，横衔之。"

蜀①,吾道竟如何!

舍弟占归草堂检校聊示此诗

久客应吾道②,相随独尔来。熟知江路近,频为草堂回。鹅鸭宜长数③,柴荆莫浪开。东林竹影薄,腊月更须栽。

释闷

四海十年不解兵④,犬戎也复临咸京⑤。失道非关出襄野⑥,扬鞭忽是过湖城⑦。豺狼塞路人断绝,烽火照夜尸纵横。天子亦应厌奔走,群公固合思升平。

---

① 时吐蕃已陷松、维等州,西川节度使高适不能守,而援师未至,故云。
② 犹言久客应是吾分中事。
③ 作者迎家至梓后,草堂当仍有人看守,故鹅鸭尚存。
④ 自天宝十四载禄山始乱,至广德初为十年。
⑤ 犬戎,指吐蕃。咸京,即咸阳。
⑥ 《庄子·徐无鬼》:"黄帝将见大隗于具茨之山,……至于襄城之野,七圣皆迷,无所问途。"
⑦ 湖城,即芜湖。《世说新语·假谲》:王大将军敦军姑熟(安徽当涂),明帝乘巴宝马赍一金鞭,阴察军形。敦昼寝,梦日绕城,命骑追之,不及。二句暗指代宗出巡非访道,乃避贼也。

但恐诛求不改辙，闻道嫛孽能全生①。江边老翁错料事，眼暗不见风尘清。

阆山歌②

阆州城东灵山白③，阆州城北玉台碧④。松浮欲尽不尽云，江动将崩未崩石。那知根无鬼神会，已觉气与嵩华敌。中原格斗且未归，应结茅斋看青壁。

阆水歌⑤

嘉陵江色何所似⑥？石黛碧玉相因依⑦。正怜日破浪花出，更复春从沙际归。巴童荡桨欹侧过，水鸡

---

① 嫛孽，指程元振。《资治通鉴》：程元振专权自恣，诸将有大功者，元振皆忌嫉欲害之。吐蕃入寇，元振不以时奏，致上狼狈出幸。太常博士柳伉上疏请斩元振，上犹以元振尝有保护功，削官爵，放归田里。
② 阆山，指灵山，见下。
③ 《新唐书·地理志》：阆州阆中县有灵山。《舆地图》："灵山峰多杂树，昔蜀王鳖灵帝登此，因名。"
④ 《舆地纪胜》："玉台观在州北十里，唐滕王尝游之，有滕王亭基。"
⑤ 阆水，即嘉陵江。见下。
⑥ 嘉陵江即古西汉水，源出陕西凤县嘉陵谷，流经阆中市，至重庆入江，一名阆水。
⑦ 黛，青黑色；碧，石之青美者。言水浅处如碧，深处如黛也。

衔鱼来去飞。阆中胜事可肠断,阆州城南天下稀①。

滕王亭子二首②

君王台榭枕巴山,万丈丹梯尚可攀。春日莺啼修竹里,仙家犬吠白云间。清江锦石伤心丽,嫩蕊浓花满目班。人到于今歌出牧③,来游此地不知还。

寂寞春山路,君王不复行。古墙犹竹色,虚阁自松声。鸟雀荒村暮,云霞过客情。尚思歌吹入,千骑把霓旌。

将赴成都草堂途中有作先寄严郑公五首④

得归茅屋赴成都,直为文翁再剖符⑤。但使闾阎

---

① 嘉陵江至阆州西北折而南,而东,而北;州城三面皆水,而城南正当佳处,对面即锦屏山。
② 原注:"在玉台观内。王调露年中(高宗年号)任阆州刺史。"(参看《阆山歌》注。)《旧唐书·滕王元婴传》:元婴,高祖第二十二子,都督洪州,数犯宪章,于滁州安置;后起授寿州刺史,转隆州(即阆州)。
③ 言至今犹歌颂滕王出牧时也。
④ 《新唐书·严武传》:宝应元年,自成都召还,拜京兆尹。明年为二圣山陵桥道使,封郑国公,迁黄门侍郎。广德二年,复节度剑南。
⑤ 文翁,比严武。《汉书·循吏传》:"文翁为蜀郡守,修起学宫于成都市中,吏民大化。"

还揖让①,敢论松竹久荒芜?鱼知丙穴由来美②,酒忆郫筒不用酤③。五马旧曾谙小径④,几回书札待潜夫⑤。

处处青江带白蘋,故园犹得见残春。雪山斥候无兵马⑥,锦里逢迎有主人。休怪儿童延俗客,不教鹅鸭恼比邻。习池未觉风流尽,况复荆州赏更新⑦。

竹寒沙碧浣花溪,菱刺藤梢咫尺迷。过客径须愁出入,居人不自解东西。书签药裹封蛛网,野店山桥送马蹄⑧。肯藉荒庭春草色,先判一饮醉如泥⑨。

---

① 自严去蜀后,有徐知道之乱。
② 左思《蜀都赋》:"嘉鱼出于丙穴。"刘渊林注:"丙穴在汉中沔阳县(今陕西勉县),北有鱼穴二所,常以三月取之。"
③ 《成都记》:"成都府西五十里,因水标名曰郫县,以竹筒盛美酒,号曰郫筒。"又《华阳风俗录》:"郫县有郫筒池,池旁有大竹,郡人刳其节,倾春酿于筒,苞以藕丝,蔽以蕉叶,信宿,馨达于林外,然后断之以献,俗号郫筒酒。"按:郫,pí。郫县,今属四川。
④ 五马,见前《冬狩行》注。严武初镇蜀时,曾再至草堂,故有此语。
⑤ 潜夫,谓不欲显其名者。《后汉书·王符传》:"著书三十余篇,以讥当时失得,不欲章显其名,故号曰《潜夫论》。"
⑥ 雪山,见前《出郭》注。斥候,侦探敌情者。
⑦ 《晋书·山简传》:山简镇襄阳,"唯酒是耽。诸习氏,荆土豪族,有佳园池。简每出游嬉,多之池上,置酒辄醉,名之曰高阳池。"此处荆州,即谓山简,以比严武;习池比草堂;赏更新,指严武之再镇而言。
⑧ 言主人不在,好景徒送过客马蹄耳。
⑨ 判,pān,不顾,豁出去。醉如泥,《汉官仪》:"一日不斋醉如泥。"泥,虫名,在水中则活,失水则醉如一堆泥然。

常苦沙崩损药栏,也从江槛落风湍①。新松恨不高千尺,恶竹应须斩万竿②。生理只凭黄阁老③,衰颜欲付紫金丹④。三年奔走空皮骨⑤,信有人间行路难。

锦官城西生事微,乌皮几在还思归⑥。昔去为忧乱兵入⑦,今来已恐邻人非。侧身天地更怀古,回首风尘甘息机。共说总戎云鸟阵⑧,不妨游子芰荷衣⑨。

自阆州领妻子却赴蜀山行三首

汩汩避群盗,悠悠经十年。不成向南国⑩,复作

---

① 江槛,即水槛,见前《水槛》注。落,杀;言设为江槛,所以灭杀风湍,则沙岸不致崩颓矣。
② 久不裁剃,故新松、恶竹生之矣。
③ 严以黄门侍郎来镇,故称黄阁老。
④ 紫丹金,道士炼金石为药,谓服之可以成仙,是为金丹。《云笈七签》:合丹法,火至七十日,药成五色,飞华紫云乱映,名曰紫金。
⑤ 谓往来梓、阆间。
⑥ 乌皮几,谓黑漆之几。谢朓有《乌皮隐几》诗。
⑦ 作者前以避徐知道乱入梓州。
⑧ 《六韬》:凡当敌临战,以车骑分为云鸟之阵;所谓云鸟者,鸟散而云合,变化无穷者也。
⑨ 《楚辞·离骚》:"制芰荷以为衣兮。"言以严公将略,则游子可优游托迹,以野服晤语矣。
⑩ 南国,指吴楚。作者前有《将适吴楚留别章使君留后兼幕府诸公得柳字》诗,盖未果行也。

游西川①。物役水虚照②,魂伤山寂然。我生无倚著,尽室畏途边。

长林偃风色,回复意犹迷③。衫裛翠微润,马衔青草嘶。栈悬斜避石,桥断却寻溪④。何日干戈尽?飘飘愧老妻。

行色递隐见,人烟时有无。仆夫穿竹语,稚子入云呼。转石惊魑魅,抨弓落狖鼯⑤。真供一笑乐,似欲慰穷途。

春归

苔径临江竹,茅檐覆地花。别来频甲子,归到忽春华。倚杖看孤石,倾壶就浅沙。远鸥浮水静,轻燕受风斜。世路虽多梗,吾生亦有涯⑥。此身醒复醉,乘兴即为家。

---

① 西川,指成都。肃宗至德二年,改成都为南京,分为剑南、西川节度使。
② 言身为物所役,水亦徒相照,不得优游观赏之。
③ 言疾风偃林,行人却阻,故往复而意迷。
④ 言石桥断处,再寻溪路以行。
⑤ 抨,pēng,弹。狖,yòu,猴属。鼯,wú,鼠属,状似蝙蝠,能飞行树间。
⑥ 《庄子·养生主》:"吾生也有涯。"涯,穷尽之意。

归来

客里有所适,归来知路难。开门野鼠走,散帙壁鱼干①。洗杓开新酝,低头拭小盘。凭谁给麹蘖,细酌老江干?

草堂

昔我去草堂,蛮夷塞成都②。今我归草堂,成都适无虞。请陈初乱时,反覆乃须臾。大将赴朝廷,群小起异图③。中宵斩白马,盟歃气已粗。西取邛南兵④,北断剑阁隅⑤。布衣数十人,亦拥专城居⑥。其势不两大,始闻蕃汉殊。西卒却倒戈,贼臣互相诛⑦。

---

① 壁鱼,一名蝘鱼,书衣中虫名。
② 徐知道纠集为乱。
③ 严武内召,知道遂反。
④ 邛南,唐时临邛县,即今邛崃市,在成都西,时为内附羌夷所居,知道引之为乱。
⑤ 剑阁,在成都北,时知道以兵守要害。
⑥ 指从逆授伪职者。
⑦ 蕃,指羌兵。汉,指知道所统之兵。以其势不能两大,故起内讧,而西卒倒戈矣。贼臣互相诛者,言知道为其下李忠厚所屠。

焉知肘腋祸,自及枭獍徒①?义士皆痛愤,纪纲乱相逾。一国实三公②,万人欲为鱼③。唱和作威福,孰肯辨无辜?眼前列杻械④,背后吹笙竽。谈笑行杀戮,溅血满长衢。到今用钺地,风雨闻号呼。鬼妾与鬼马⑤,色悲充尔娱。国家法令在,此又足惊吁。贱子且奔走,三年望东吴⑥。弧矢暗江海,难为游五湖⑦。不忍竟舍此,复来剃榛芜。入门四松在,步屟万竹疏。旧犬喜我归,低佪入衣裾。邻舍喜我归,酤酒携胡芦⑧。大官喜我来⑨,遣骑问所须。城郭喜我来,宾客隘村墟。天下尚未宁,健儿胜腐儒。飘摇风尘际,何地置老夫?于时见疣赘⑩,骨髓幸未枯。

---

① 枭獍,比作乱者。枭,xiāo,恶鸟,食母;獍,jìng,恶兽,食父。
② 《左传》:"一国三公,吾谁适从。"谓与李忠厚同辈者。
③ 《史记·项羽本纪》:"人方为刀俎,我为鱼肉。"
④ 杻械,即桎梏。
⑤ 已杀其主而夺之,故谓之鬼妾、鬼马,如匈奴以亡者之妻为鬼妻。
⑥ 作者去成都,往来梓、阆凡三年,时欲东下,不果。
⑦ 五湖之说甚多,此当是太湖之别名。
⑧ 胡芦,以之贮酒者。
⑨ 大官,指严武。
⑩ 言己不为世用,若疣赘。

饮啄愧残生,食薇不敢余①。

四松②

四松初移时,大抵三尺强。别来忽三载,离立如人长③。会看根不拔,莫计枝凋伤。幽色幸秀发,疏柯亦昂藏。所插小藩篱,本亦有堤防。终然振拨损④,得愧千叶黄⑤?敢为故林主,黎庶犹未康。避贼今始归,春草满空堂。览物叹衰谢,及兹慰凄凉。清风为我起,洒面若微霜。足以送老资⑥,聊待偃盖张。我生无根蒂,配尔亦茫茫。有情且赋诗,事迹两可忘。勿矜千载后,惨淡蟠穹苍。

登楼

花近高楼伤客心,万方多难此登临。锦江春色来

---

① 言不敢有余。
② 参看前诗。
③ 《礼记·曲礼》:"离坐、离立。"注:"离,两也,两相丽之谓离。"
④ 振,chéng。谢惠连《祭古冢文》:"以物柽拨之。"注:"南人以物触物为柽也。"校订者按:振拨,又作"柽拨"。
⑤ 得愧,言得不愧乎?
⑥ 谓欲借此游息以娱老。

天地，玉垒浮云变古今①。北极朝廷终不改，西山寇盗莫相侵②。可怜后主还祠庙③，日暮聊为《梁父吟》④。

奉寄高常侍⑤

汶上相逢年颇多⑥，飞腾无那故人何⑦！总戎楚蜀应全未⑧，方驾曹刘不啻过⑨。今日朝廷须汲黯⑩，中原

---

① 玉垒，玉垒山，在四川都江堰市西北。左思《蜀都赋》："包玉垒而为宇。"
② 西山寇盗，指吐蕃。吐蕃陷京师，立广武郡王承宏为帝，郭子仪复京师，乘舆反正，故曰北极朝廷终不改，言吐蕃虽立君，终不能改命也。
③ 后主，比代宗。
④ 《梁父吟》，曲名。《三国志·蜀书·诸葛亮传》："亮躬耕陇亩，好为《梁父吟》。"按：《艺文类聚》载《梁父吟》歌辞云："步出齐城门，遥望荡阴里。里中有三坟，累累正相似。问是谁家冢？田疆古冶子。力能排南山，又能绝地纪。一朝被谗言，二桃杀三士。谁能为此谋？国相齐晏子。"此处引用，似于歌辞无所取义。
⑤ 高常侍，即高适。代宗以严武代适，召还为刑部侍郎，转散骑常侍。
⑥ 汶上，谓汶水之上。汶水在山东。开元中作者与高适初遇于齐鲁。
⑦ 无那，无奈。
⑧ 应全未，谓未尽其才。
⑨ 曹刘，谓曹植、刘桢。钟嵘《诗品》："曹、刘，殆文章之圣。"
⑩ 汲黯，汉武帝时为东海太守，召为九卿，面折廷净，帝严惮之，许为社稷之臣。

将帅忆廉颇①。天涯春色催迟暮,别泪遥添锦水波②。

绝句二首

迟日江山丽,春风花草香。泥融飞燕子,沙暖睡鸳鸯。

江碧鸟逾白,山青花欲然③。今春看又过,何日是归年?

黄河二首④

黄河北岸海西军⑤,椎鼓鸣钟天下闻。铁马长鸣不知数,胡人高鼻动成群。

黄河西岸是吾蜀,欲须供给家无粟。愿驱众庶戴君王,混一车书弃金玉⑥。

---

① 廉颇,战国赵之良将。
② 时高赴召而公在成都,故有此语。
③ 庾信《奉和赵王隐士》诗:"山花焰火然。"言烂漫如火燃。
④ 此叹当时戍兵甚众,不能制吐蕃之横行。
⑤ 海西军,唐盛时所置,以防吐蕃者,时已陷于吐蕃。此海指羌海,亦名青海,在今青海东境,距青海西宁市二百五十里。
⑥ 混一车书,本《中庸》"车同轨,书同文"之意。弃金玉,即"不宝金玉"之意,愿君王之无奢侈也。

杜甫诗

忆昔二首

忆昔先皇巡朔方①,千乘万骑入咸阳②。阴山骄子汗血马③,长驱东胡胡走藏④。邺城反覆不足怪⑤,关中小儿坏纪纲⑥,张后不乐上为忙⑦。至今今上犹拨乱,劳身焦思补四方。我昔近侍叨奉引⑧,出兵整肃不可当。为留猛士守未央⑨,致使岐雍防西羌⑩。犬戎直来

---

① 谓肃宗即位于灵武。
② 谓肃宗还京。
③ 谓借兵回纥。阴山,在今内蒙古自治区中部,唐时安北都护府也。
④ 回纥助讨安庆绪,收复两京,庆绪奔河北保邺郡。
⑤ 史思明既降复叛,救安庆绪于邺城,九节度使兵溃,东京复陷,均见前注。
⑥ 关中小儿,谓李辅国。《旧唐书·宦官传》:"李辅国,本名静忠,闲厩马家小儿。"《资治通鉴》注:"凡厩牧五坊、禁苑给使者,皆谓之小儿。"
⑦ 张后,谓肃宗后张良娣。《旧唐书·肃宗张皇后传》:"皇后宠遇专房,与中官李辅国持权禁中,干预政事,请谒过当,帝颇不悦,无如之何。"后不乐,状其骄恣。上为忙,状其跼蹐。
⑧ 肃宗初,公为拾遗,故曰近侍叨奉引。其时代宗以广平王为太子,拜天下兵马元帅。
⑨ 猛士,谓郭子仪。未央,汉宫名,在长安故城中,此代长安。
⑩ 宝应元年八月,子仪自河南入朝,程元振数潜之,子仪请解副元帅使留京师。明年,吐蕃大入寇。岐雍为西陕之地,吐蕃本西羌属。

坐御床,百官跣足随天王①。愿见北地傅介子②,老儒不用尚书郎③。

忆昔开元全盛日,小邑犹藏万家室。稻米流脂粟米白,公私仓廪俱丰实。九州道路无豺虎,远行不劳吉日出④。齐纨鲁缟车班班⑤,男耕女桑不相失。宫中圣人奏《云门》⑥,天下朋友皆胶漆。百余年间未灾变,叔孙礼乐萧何律⑦。岂闻一绢直万钱?有田种谷今流血。洛阳宫殿烧焚尽,宗庙新除狐兔穴。伤心不忍问耆旧,复恐初从乱离说。小臣鲁钝无所能,朝廷记识蒙禄秩。周宣中兴望我皇,洒血江汉身衰疾。

---

① 谓代宗奔陕州。
② 《汉书·傅介子传》:傅介子,北地人也。持节使楼兰,斩其王首归,悬之北阙,诏封义阳侯。
③ 言不必授尚书郎。时,公归成都,严武奏授尚书员外郎。
④ 《旧唐书·玄宗纪》:开元末年,"频岁丰稔,京师米斛不满二百,天下乂安,虽行万里,不持兵刃"。
⑤ 车班班,言商贾不绝于道。东汉桓帝时,京师童谣曰:"车班班,入河间,河间姹女工数钱。"
⑥ 《云门》,乐名,所以祀天神。奏《云门》,喻世际升平。
⑦ 汉高祖既定天下,命叔孙通制朝仪,萧何制律。

院中晚晴怀西郭茅舍①

幕府秋风日夜清,澹云疏雨过高城。叶心朱实看时落,阶面青苔先自生。复有楼台衔暮景,不劳钟鼓报新晴②。浣花溪里花饶笑,肯信吾兼吏隐名③。

到村

碧涧虽多雨,秋沙先少泥。蛟龙引子过④,荷芰逐花低⑤。老去参戎幕,归来散马蹄。稻粱须就列,榛草即相迷⑥。蓄积思江汉⑦,疏顽惑町畦⑧。暂酬知己分,还入故林栖。

---

① 院,谓幕府之院。西郭茅舍,即浣花草堂。
② 俗以钟鼓声亮为晴之占。
③ 《汝南先贤传》:"郑钦吏隐于蚁陂之阳。"公在幕府为吏,归草堂为隐,兼有其名也。
④ 《西京杂记》:"瓠子河决,有蛟龙从九子自决中逆上入河,喷沫流波数十里。"
⑤ 雨多水宽,故蛟龙引子而过。泥少根脱,故荷芰逐花而低。
⑥ 是久不到光景。
⑦ 思由江汉而去也。
⑧ 町畦,田畔界也。惑者,言此时既不愿久留,又不便辞去,不知何适而可,颇费踌躇耳。

宿府

清秋幕府井梧寒,独宿江城蜡炬残。永夜角声悲自语,中天月色好谁看?风尘荏苒音书绝[1],关塞萧条行路难。已忍伶俜十年事,强移栖息一枝安。

至后

冬至至后日初长,远在剑南思洛阳[2]。青袍白马有何意[3]?金谷铜驼非故乡[4]。梅花欲开不自觉,棣萼一别永相望[5]。愁极本凭诗遣兴,诗成吟咏转凄凉。

春日江村五首

农务村村急,春流岸岸深。乾坤万里眼,时序

---

[1] 荏苒,rěnrǎn,时间渐渐过去。张华《杂诗》:"荏苒日月运。"
[2] 洛阳为公旧居。
[3] 谓为幕之生涯。
[4] 金谷铜驼,故乡风物。非故乡,言料已非昔矣。金谷在洛阳县西(见石崇《金谷诗序》),铜驼乃汉之遗物,在洛阳故宫之南街(见华延隽《洛阳记》)。
[5] 棣萼,谓兄弟。《诗·小雅·常棣》:"常棣之华,萼不韡韡。凡今之人,莫如兄弟。"

百年心。茅屋还堪赋,桃源自可寻。艰难昧生理,飘泊到如今。

迢递来三蜀,蹉跎有六年。客身逢故旧,发兴自林泉。过懒从衣结,频游任履穿。藩篱颇无限,恣意向江天。

种竹交加翠,栽桃烂熳红。经心石镜月①,到面雪山风②。赤管随王命③,银章付老翁④。岂知牙齿落,名玷荐贤中。

扶病垂朱绂,归休步紫苔。郊扉存晚计,幕府愧群材。燕外晴丝卷,鸥边水叶开。邻家送鱼鳖,问我数能来⑤。

群盗哀王粲⑥,中年召贾生⑦。《登楼》初有作⑧,

---

① 石镜古迹,在成都。《蜀纪》:"武都丈夫化为女子,颜色美好,蜀王娶以为妻,未几物故,于成都郭中葬之,以石镜一枚表其墓,径二丈,高五尺。"
② 雪山,见前《出郭》注。
③ 《汉官仪》:"尚书令仆丞郎,日给赤管大笔一双,篆题曰'北宫著作'。"
④ 银章,《汉书·百官公卿表》:凡吏秩二千石以上,皆银印青绶。
⑤ 问,谓问遗。
⑥ 王粲《七哀诗》:"西京乱无象,豺虎方构患。"注:"豺虎,喻群贼。"
⑦ 贾生,指汉代贾谊。
⑧ 王粲避乱客荆州,思归,作《登楼赋》。

前席竟为荣①。宅入《先贤传》②,才高处士名③。异时怀二子,春日复含情。

绝句六首

日出篱东水,云生舍北泥。竹高鸣翡翠,沙僻舞䴉鸡④。

蔼蔼花蕊乱,飞飞蜂蝶多。幽栖身懒动,客至欲如何?

凿井交棕叶⑤,开渠断竹根。扁舟轻褭缆,小径曲通村。

急雨捎溪足,斜晖转树腰。隔巢黄鸟并,翻藻白鱼跳。

---

① 汉贾谊,洛阳人。文帝初,拟任贾谊为公卿,大臣多短之,曰:"年少初学,专欲擅权,纷乱诸事。"上于是疏之,以为长沙王太傅。久之,上思谊,征之宣室,问鬼神之事,至夜半,文帝前席。前席,谓移坐而前。
② 谓遗宅空载于《先贤传》耳。《郡国志》:"长沙南寺有贾谊宅。"《襄沔记》:"王粲宅在襄阳、井台尚存。"古书有《南楚先贤传》。
③ 言以王、贾之才高而不用于时,则其名实同处士而已。
④ 䴉鸡,似鹤,黄白色,长颈赤喙。《楚辞·九辩》:"䴉鸡啁哳而悲鸣。"
⑤ 蜀有盐井,雨露之水落其中则井坏,新凿井时即交棕叶以覆之。

舍下笋穿壁,庭中藤刺檐。地晴丝冉冉,江白草纤纤。

江动月移石,溪虚云傍花①。鸟栖知故道,帆过宿谁家?

绝句四首

堂西长笋别开门②,堑江行椒却背村③。梅熟许同朱老吃,松高拟对阮生论④。

欲作鱼梁云复湍,因惊四月雨声寒。青溪先有蛟龙窟,竹石如山不敢安⑤。

两个黄鹂鸣翠柳,一行白鹭上青天。窗含西岭千秋雪⑥,门泊东吴万里船。

药条药甲润青青,色过棕亭入草亭。苗满空山

---

① 石在江边,月浮江上,波既动,则月亦随波移于石之前后左右矣。花在溪旁,云在天上,映于水中,故见其虚而相傍。
② 别开门,恐踏笋。
③ 行椒,谓椒之成行者。却背村,言为堑隔。
④ 原注:"朱、阮,剑外相知。"
⑤ 鱼梁,乃劈竹积石横截中流以取鱼者,因溪下有蛟龙,时兴云雨,故未敢安。
⑥ 西岭,即雪岭,见《出郭》注。

惭取誉，根居隙地怯成形①。

天边行

天边老人归未得，日暮东临大江哭②。陇右河源不种田，胡骑羌兵入巴蜀③。洪涛滔天风拔木，前飞秃鹙后黄鹄④。九度附书向洛阳，十年骨肉无消息。

莫相疑行

男儿生无所成头皓白，牙齿欲落真可惜。忆献三赋蓬莱宫，自怪一日声辉赫。集贤学士如堵墙，观我落笔中书堂⑤。往时文彩动人主，此日饥寒趋路旁。晚将末契托年少⑥，当面输心背面笑。寄谢悠悠

---

① 成形，犹成材。
② 大江，指嘉陵、涪江之属。
③ 广德元年，吐蕃尽取河西、陇右之地。十二月，复陷松、维、保三州。
④ 秃鹙，见前《乾元中寓居同谷县作歌七首》注。
⑤ 《新唐书·杜甫传》：天宝十三载，"甫奏赋三篇，帝奇之，使待制集贤院，命宰相试文章"。
⑥ 年少，指同幕者。末契，年长者对晚辈的交谊。陆机《叹逝赋》："托末契于后生，余将老而为客。"

世上儿，不争好恶莫相疑①。

拨闷

闻道云安麴米春②，才倾一盏即醺人。乘舟取醉非难事，下峡消愁定几巡。长年三老遥怜汝③，捩柂开头捷有神④。已办青钱防雇直，当令美味入吾唇。

禹庙⑤

禹庙空山里，秋风落日斜。荒庭垂橘柚，古屋画龙蛇⑥。云气生虚壁，江声走白沙。早知乘四载⑦，疏凿控三巴⑧。

---

① 言已无心与世人争好恶，可以无用相疑也。
② 云安，即今重庆云阳县治。麴米春，酒名。
③ 长年三老，峡中以篙师为长年，柂工为三老。
④ 开头，即俗语撑头篙。
⑤ 《方舆胜览》：禹祠在忠州临江县，南过岷江二里。按：忠州即今重庆忠县。
⑥ 橘柚锡贡（见《尚书·禹贡》），驱龙蛇，皆禹事，公因见此有感。
⑦ 《尚书·益稷》注：四载，谓水乘舟，陆乘车，泥乘楯，山乘樏。
⑧ 汉刘璋分巴为三：即巴东，巴郡，巴西。

杜甫诗

题忠州龙兴寺所居院壁

忠州三峡内[①],井邑聚云根。小市常争米,孤城早闭门。空看过客泪,莫觅主人恩。淹泊仍愁虎,深居赖独园[②]。

哭严仆射归榇[③]

素幔随流水,归舟返旧京[④]。老亲如宿昔[⑤],部曲异平生。风送蛟龙匣[⑥],天长骠骑营[⑦]。一哀三峡暮,遗后见君情[⑧]。

---

① 三峡有两说:一说指巴峡、巫峡、嘉陵峡而言。又一说以明月峡为首,巴峡、巫峡之类为中,东突峡为尽。此处当从后说,盖明月峡在今重庆巴南区境,而忠县居巴南区、奉节县之间,故得云三峡内也。
② 独园,《金刚经》有祇树给孤独园,谓施舍孤独者之园也。此处指龙兴寺。
③ 严仆射,《新唐书·严武传》:永泰元年四月薨,年四十,赠尚书左仆射。
④ 旧京,谓西京,武本华阴人,故榇归京师。
⑤ 时武母尚在。
⑥ 《西京杂记》:帝及诸王送死,皆珠襦玉匣,匣形如铠甲,连以金镂,镂为蛟龙鸾凤之状,世谓蛟龙玉匣。按:《汉书·霍光传》:赐璧珠玑玉衣梓宫。则人臣灵榇亦可称蛟龙匣也。
⑦ 汉霍去病以骠骑将军薨,其年略与武同,故以相比。
⑧ 遗后,犹言身后。

旅夜书怀

细草微风岸，危樯独夜舟。星垂平野阔，月涌大江流。名岂文章著？官应老病休。飘飘何所似？天地一沙鸥。

云安九日郑十八携酒陪诸公宴

寒花开已尽，菊蕊独盈枝。旧摘人频异[①]，轻香酒暂随。地偏初衣夹[②]，山拥更登危。万国皆戎马[③]，酣歌泪欲垂。

别常征君[④]

儿扶犹杖策，卧病一秋强[⑤]。白发少新洗，寒衣宽总长。故人忧见及[⑥]，此别泪相忘[⑦]。各逐萍流转，

---

① 言摘是花者，自古以来已屡异其人矣。
② 夹，夹衣。
③ 时为永泰元年九月，仆固怀恩复引吐蕃、回纥入寇。
④ 汉魏以来，起隐士谓之征君。
⑤ 一秋强，一秋有余。
⑥ 忧见及，忧及己病。
⑦ 泪相忘，不觉泪下。

来书细作行。

怀锦水居止二首①

军旅西征僻,风尘战伐多②。犹闻蜀父老,不忘舜讴歌③。天险终难立④,柴门岂重过?朝朝巫峡水,远逗锦江波。

万里桥南宅,百花潭北庄。层轩皆面水,老树饱经霜。雪岭界天白,锦城曛日黄。惜哉形胜地,回首一茫茫!

青丝⑤

青丝白马谁家子⑥?粗豪且逐风尘起。不闻汉主

---

① 此因蜀乱而怀思草堂。
② 永泰元年冬十月,剑南节度使郭英乂为兵马使崔旰所杀,邛州牙将柏茂琳、泸州牙将杨子琳、剑州牙将李昌夔等共起兵讨之。
③ 谓玄宗曾幸蜀。
④ 言盗贼不能恃天险以自固。
⑤ 此诗言仆固怀恩之乱。广德二年二月,怀恩谋取太原,其子㻛围榆次。十月,怀恩与回纥、吐蕃进逼奉天。永泰元年九月,又诱回纥、吐蕃、吐谷浑、党项、奴剌俱入寇。是时怀恩乘吐蕃入犯之后,阻兵犯顺。上初遣裴遵庆诣怀恩讽令入朝,又下诏称其勋劳,许以但当诣阙,更勿有疑,而怀恩皆不从。
⑥ 《南史·侯景传》:"大同中童谣曰:'青丝白马寿阳来。'……景乘白马,青丝为辔,欲以应谣。"此以侯景比怀恩。

放妃嫔①,近静潼关扫蜂蚁②。殿前兵马破汝时③,十月即为齑粉期。未如面缚归金阙,万一皇恩下玉墀。

三绝句

前年渝州杀刺史,今年开州杀刺史④。群盗相随剧虎狼,食人更肯留妻子?

二十一家同入蜀⑤,唯残一人出骆谷⑥。自说二女啮臂时⑦,回头却向秦云哭。

殿前兵马虽骁雄,纵暴略与羌浑同⑧。闻道杀人汉水上,妇女多在官军中。

---

① 汉文帝十二年,出惠帝后宫美人令得嫁。代宗永泰元年二月,出宫女千人。
② 吐蕃陷长安,泾州刺史高晖为向导。吐蕃遁,率骑三百东走潼关,守将李日越擒而杀之。
③ 盖以高晖比怀恩也。殿前兵马,谓神策军。神策军自广德元年即归禁中,上自将之。
④ 渝州,即今重庆巴南区。开州,即今重庆开县。天宝乱后,蜀中山贼塞路,渝、开之乱,史不及书。
⑤ 永泰元年九月,怀恩诱党项、吐谷浑、奴剌寇同州,及凤翔、盩厔。入蜀,盖因避羌、浑之乱也。
⑥ 骆谷,关名,在盩厔(今陕西周至县)西南一百二十里,南通蜀汉。
⑦ 《史记·吴起传》:"(吴起)出卫郭门,与其母诀,啮臂而盟。"二女啮臂,恐不两全,故弃之而走也。
⑧ 羌,谓吐蕃、党项之属。浑,吐谷浑。

十二月一日三首

今朝腊月春意动,云安县前江可怜。一声何处送书雁?百丈谁家上濑船①?未将梅蕊惊愁眼,要取椒花媚远天②。明光起草人所羡③,肺病几时朝日边?

寒轻市上山烟碧,日满楼前江雾黄。负盐出井此溪女④,打鼓发船何郡郎?新亭举目风景切⑤,茂陵著书消渴长⑥。春花不愁不烂熳,楚客唯听棹相将⑦。

----

① 百丈,所以牵船者。《入蜀记》:"上峡,惟用橹及百丈,不用张帆矣。百丈以巨竹四破为之,大如人臂。"
② 《晋书·列女传》:刘臻妻陈氏正日献《椒花颂》。此时去元旦已近,故思及之。
③ 《汉官仪》:"尚书直宿建礼门,奏事明光殿下,下笔为诏策,出言为诰令。"起草,即下笔之意。
④ 仇兆鳌引张远注云:"云安人家有盐井,其俗以女当门户,皆贩盐自给。"
⑤ 《晋书·王导传》:中州人士,避乱江左,每至暇日,邀饮新亭,周顗中座叹曰:"风景不殊,举目有江山之异!"《资治通鉴》注:新亭去江宁县十里。切,凄切。
⑥ 《史记·司马相如传》:相如尝有消渴疾,其进仕宦,未尝肯与公卿国家之事,尝称病闲居,不慕官爵。茂陵,即其隐居之处,在今陕西兴平市东北。《释名》:"消瀸:瀸,渴也;肾气不周于胸,胃中津润消渴,故欲得水也。"
⑦ 公时居夔州,故称楚客,盖夔州(今奉节县),战国时为楚巫山县,故称南楚也。棹相将,谓相将以举棹。

即看燕子入山扉，岂有黄鹂历翠微①？短短桃花临水岸，轻轻柳絮点人衣。春来准拟开怀久，老去亲知见面稀②。他日一杯难强进，重嗟筋力故山违。

南楚③

南楚青春异，暄寒早早分。无名江上草，随意岭头云。正月蜂相见，非时鸟共闻。杖藜妨跃马④，不是故离群⑤。

老病

老病巫山里，稽留楚客中。药残他日裹，花发去年丛。夜足沾沙雨，春多逆水风。合分双赐笔，犹作一飘蓬。

---

① 岂有，犹言岂不有。
② 见面，谓与春见面。
③ 南楚，见前诗注。
④ 言恐杖藜缓行有妨少年跃马者。
⑤ 时当有招不赴。

杜鹃

　　西川有杜鹃,东川无杜鹃①。涪万无杜鹃②,云安有杜鹃。我昔游锦城,结庐锦水边。有竹一顷余,乔木上参天。杜鹃暮春至,哀哀叫其间。我见常再拜,重是古帝魂③。生子百鸟巢,百鸟不敢嗔④。仍为喂其子,礼若奉至尊。鸿雁及羔羊,有礼太古前。行飞与跪乳,识序如知恩⑤。圣贤古法则,付与后世传。君看禽鸟情,犹解事杜鹃。今忽暮春间,值我病经年。身病不能拜,下泪如迸泉。

子规⑥

　　峡里云安县,江楼翼瓦齐⑦。两边山木合,终日

---

① 西川谓四川之西部,东川谓四川之东部。
② 涪,涪州,即今重庆涪陵区。万,万州,即今重庆万州区。
③ 《成都记》:"望帝化为鸟,名曰杜鹃,亦曰子规。"
④ 《博物志》:"杜鹃生子寄之他巢,百鸟为饲之。"校订者按:不见于今本。
⑤ 羊祜《雁赋》:"鸣则相和,行则按武,前不绝贯,后不越序。"《春秋繁露》:"羔食于其母,必跪而受之,类知礼者。"
⑥ 一说子规即杜鹃;一说子规非杜鹃,乃啼声若"不如归去"者。
⑦ 翼瓦,谓檐宇飞扬,若鸟之张翼。

子规啼。眇眇春风见，萧萧夜色凄。客愁那听此？故作傍人低。

近闻

近闻犬戎远遁逃①，牧马不敢侵临洮。渭水逶迤白日净，陇山萧瑟秋云高。崆峒五原亦无事②，北庭数有关中使③。似闻赞普更求亲④，舅甥和好应难弃⑤。

移居夔州作⑥

伏枕云安县，迁居白帝城⑦。春知催柳别⑧，江与放船清⑨。农事闻人说，山光见鸟情。禹功饶断石，

---

① 永泰元年，郭子仪与回纥定约，吐蕃闻之夜遁。
② 崆峒，见《送高三十五书记十五韵》注。五原，唐属盐州，今内蒙古五原县。
③ 唐时置北庭节度使，统瀚海、天山、伊吾三军。大历元年二月，命杨济修好吐蕃，吐蕃遣首领论泣陵来朝。
④ 吐蕃国人称其王为赞普。
⑤ 唐初有文成、金城公主两降吐蕃。
⑥ 《太平寰宇记》：唐时夔州治，今奉节县，在云阳县东二百四十三里。
⑦ 白帝城，见后《上白帝城二首》注。
⑧ 折柳所以赠别，谓春知我之别意，故催柳成条。
⑨ 与，是付与之与，言江知我之放船，故特为之清。

且就土微平[①]。

船下夔州郭宿雨湿不得上岸别王十二判官

依沙宿舸船[②],石濑月娟娟。风起春灯乱,江鸣夜雨悬。晨钟云外湿,胜地石堂烟[③]。柔橹轻鸥外,含凄觉汝贤。

漫成一绝

江月去人只数尺,风灯照夜欲三更。沙头宿鹭联拳静[④],船尾跳鱼拨剌鸣[⑤]。

引水

月峡瞿塘云作顶[⑥],乱石峥嵘俗无井。云安沽水

---

① 旧注:沿峡皆因开凿而成,故少平土,惟夔州稍平耳。
② 南楚、荆、湖,凡船大者谓之舸。
③ 石堂,当是夔州胜处。
④ 联拳,蜷缩貌。谢庄《玩月诗》:"水鹭足联拳。"校订者按:不见于今人辑本。
⑤ 拨剌,鱼跃声。
⑥ 月峡,即明月峡。见《题忠州龙兴寺所居院壁》注。

奴仆悲,鱼复移居心力省[1]。白帝城西万竹蟠,接筒引水喉不干。人生流滞生理难,斗水何直百忧宽。

上白帝城二首[2]

江城含变态,一上一回新。天欲今朝雨,山归万古春。英雄余事业,衰迈久风尘。取醉他乡客,相逢故国人。兵戈犹拥蜀[3],赋敛强输秦。不是烦形胜,深愁畏损神[4]。

白帝空祠庙[5],孤云自往来。江山城宛转,栋宇客徘徊。勇略今何在?当年亦壮哉!后人将酒肉,虚殿日尘埃。谷鸟鸣还过,林花落又开。多惭病无力,骑马入青苔。

---

[1] 鱼复,夔州奉节县即汉巴郡鱼复县。
[2] 汉公孙述,字子阳,更始时,起兵讨宗成王岑之乱,破之。遂有蜀土,僭立为帝,都成都。色尚白,改成都郭外旧仓为白帝仓,筑城于鱼复号曰白帝城。立十二年,为光武所灭。《全蜀总志》:"白帝城在夔州府治东五里,……楚、蜀咽喉。"
[3] 指崔旰之乱。
[4] 言若徒深愁而不借形胜以自解,则恐损神耳。旧注以烦为烦厌之烦,则与前"一上一回新"句不合矣。
[5] 《方舆胜览》:"白帝庙在奉节县东八里旧州城内,有三石笋,犹存。"

白帝城最高楼

城尖径仄旌旆愁,独立缥缈之飞楼。峡坼云霾龙虎卧,江清日抱鼋鼍游。扶桑西枝对断石①,弱水东影随长流②。杖藜叹世者谁子?泣血迸空回白头。

古柏行

孔明庙前有老柏③,柯如青铜根如石。霜皮溜雨四十围④,黛色参天二千尺。君臣已与时际会,树木犹为人爱惜。云来气接巫峡长,月出寒通雪山白。忆昨路绕锦亭东⑤,先主武侯同閟宫⑥。崔嵬枝干郊原古,窈窕丹青户牖空。落落盘踞虽得地,冥冥孤高多烈风。扶持自是神明力,正直原因造化功。大厦

---

① 《山海经》:"汤谷上有扶桑,十日所浴,在黑齿北,居水中,有大木,九日居下枝,一日居上枝。"
② 《山海经》:"西海之南,流沙之滨,赤水之后,黑水之前,有大山名曰昆仑之丘,……其下有弱水之渊环之。"
③ 成都武侯祠堂附于先主庙,夔州则先主庙、武侯庙各别。此诗专咏夔庙柏。
④ 霜皮溜雨,言色苍白而润泽。
⑤ 锦亭,即成都锦江亭。
⑥ 閟,bì。閟宫,神庙。

如倾要梁栋,万牛回首丘山重①。不露文章世已惊,未辞剪伐谁能送?苦心岂免容蝼蚁?香叶终经宿鸾凤。志士幽人莫怨嗟,古来材大难为用。

负薪行

夔州处女发半华②,四十五十无夫家。更遭丧乱嫁不售,一生抱恨堪咨嗟。土风坐男使女立,男当门户女出入。十有八九负薪归,卖薪得钱应供给。至老双鬟只垂颈,野花山叶银钗并③。筋力登危集市门,死生射利兼盐井。面妆首饰杂啼痕,地褊衣寒困石根。若道巫山女粗丑,何得此有昭君村④?

最能行

峡中丈夫绝轻死,少在公门多在水。富豪有钱

---

① 喻木重不能载也。
② 华,同"花"。
③ 陆游《入蜀记》:峡中负物卖,率多妇人。未嫁者为同心髻,高二尺,插银钗至六双,后插象牙梳,如手大。
④ 《方舆胜览》:归州东北四十里有昭君村。按:归州即今湖北秭归县,地与巫峡相连。

驾大舸,贫穷取给行艓子①。小儿学问止《论语》,大儿结束随商旅。欹帆侧柂入波涛,撇漩捎濆无险阻②。朝发白帝暮江陵,顷来目击信有征。瞿塘漫天虎须怒③,归州长年行最能④。此乡之人器量窄,误竞南风疏北客。若道士无英俊才,何得山有屈原宅⑤?

白帝

白帝城中云出门,白帝城下雨翻盆。高江急峡雷霆斗,翠木苍藤日月昏。戎马不如归马逸,千家今有百家存。哀哀寡妇诛求尽,恸哭秋原何处村!

秋兴八首⑥

玉露凋伤枫树林,巫山巫峡气萧森。江间波浪

---

① 艓子,小舟,言舟轻如小叶。
② 漩,水急转。濆,浪高涌。行舟者遇漩则撇开,遇濆则捎过。
③ 虎须,大江中滩名,在夔州附近。《水经注》:"江水右径虎须滩,滩水广大,夏断行旅。"
④ 归州,见前诗注。长年,见前注。
⑤ 《水经注》:屈原宅在秭归县北。
⑥ 晋潘岳有《秋兴赋》,因以名篇。

兼天涌,塞上风云接地阴。丛菊两开他日泪①,孤舟一系故园心。寒衣处处催刀尺,白帝城高急暮砧。

夔府孤城落日斜②,每依北斗望京华③。听猿实下三声泪④,奉使虚随八月槎⑤。画省香炉违伏枕⑥,山楼粉堞隐悲笳⑦。请看石上藤萝月,已映洲前芦荻花。

千家山郭静朝晖,日日江楼坐翠微。信宿渔人还泛泛,清秋燕子故飞飞。匡衡抗疏功名薄⑧,刘向传经心事违⑨。同学少年多不贱,五陵裘马自轻肥。

---

① 公至夔州已二秋。
② 贞观十四年,夔州为都督府,督归、夔、忠、万、涪、渝、南七州,故称夔府。
③ 秦城上值北斗,长安在夔州之北,故依北斗而望之。
④ 《水经注》:夔州渔者歌曰:"巴东三峡巫峡长,猿鸣三声泪沾裳。"此言身历其境,始觉其实有也。
⑤ 奉使乘槎,用汉张骞使西域故事。严武为节度使,公曾入幕参谋,故有此语。虚随者,言随使节而成虚,仍未能一至京阙。
⑥ 《汉官仪》:"尚书省中皆以胡粉涂壁,紫青界之,画古列士。尚书郎更直,给清缣白绫被,或锦被帏帐茵褥,女侍史二人执香炉烧熏从入护衣服。"
⑦ 山楼,谓白帝城楼。
⑧ 《汉书·匡衡传》:元帝初,衡数上疏陈宜,迁为光禄大夫、太子少傅。公曾疏救房琯,而近侍移官,一斥不复,故曰功名薄。
⑨ 《汉书·刘向传》:"(宣帝)初立《穀梁春秋》,征更生(向初名)受《穀梁》,讲论五经于石渠。……成帝即位,……更名向,……诏向领校中五经秘书。"此言刘向虽数奏封事不用,而犹居近侍,典校五经;公则白头幕府,有愧平生,故曰心事违。

闻道长安似弈棋,百年世事不胜悲。王侯第宅皆新主,文武衣冠异昔时。直北关山金鼓振①,征西车马羽书迟。鱼龙寂寞秋江冷,故国平居有所思。

蓬莱宫阙对南山②,承露金茎霄汉间③。西望瑶池降王母④,东来紫气满函关⑤。云移雉尾开宫扇⑥,日绕龙鳞识圣颜⑦。一卧沧江惊岁晚,几回青琐照朝班⑧。

瞿唐峡口曲江头,万里风烟接素秋。花萼夹城通御气⑨,芙蓉小苑入边愁⑩。朱帘绣柱围黄鹤,锦缆

---

① 谓回纥内侵。
② 《唐会要》:大明宫,龙朔三年号曰蓬莱宫,北据高远,南望终南山如指掌。
③ 班固《西都赋》:"抗仙掌以承露,擢双立之金茎。"注:"金茎,铜柱也。"
④ 《汉武帝内传》:七月七日,上斋居承华殿,忽青鸟从西来集殿前,东方朔曰:"此西王母欲来也。"
⑤ 《关尹内传》:关令尹喜常登楼望见东极有紫气西迈,曰:"应有圣人经过。"果见老君乘青牛车来。按:关,即函谷关。
⑥ 《新唐书·仪卫志》:唐制有雉尾障扇。
⑦ 龙鳞,谓衮衣之龙章。
⑧ 青琐,汉宫门。《汉书·元后传》注:"青琐者,刻为连琐文而以青涂之。"
⑨ 《旧唐书·让皇帝宪传》:"玄宗于兴庆宫置楼,西南题曰花萼相辉之楼。"《旧唐书·玄宗纪》:"遣范安及广花萼楼,筑夹城至芙蓉园。"
⑩ 《明一统志》:"芙蓉苑,……即秦宜春苑地。"

牙樯起白鸥①。回首可怜歌舞地，秦中自古帝王州。

昆明池水汉时功，武帝旌旗在眼中②。织女机丝虚月夜③，石鲸鳞甲动秋风④。波漂菰米沉云黑⑤，露冷莲房坠粉红⑥。关塞极天惟鸟道，江湖满地一渔翁⑦。

昆吾御宿自逶迤⑧，紫阁峰阴入渼陂⑨。香稻啄余鹦鹉粒，碧梧栖老凤凰枝。佳人拾翠春相问，仙侣同舟晚更移。彩笔昔游干气象⑩，白头吟望苦低垂。

秋清

高秋苏肺气，白发自能梳。药饵憎加减，门庭

---

① 二句言宫室密，故黄鹄之举若围；舟楫多，故白鸥之游惊起。
② 《长安志》：昆明池在长安县西二十里。《史记·平准书》：武帝大修昆明池，治楼船，高十余丈，旗帜加其上，甚壮。
③ 曹毗《志怪》："昆明池作二石人，东西相望，象牵牛织女。"
④ 《西京杂记》："昆明池刻玉石为鱼，每至雷雨，鱼常鸣吼，鬐尾皆动。"
⑤ 菰米，菰即茭白，其台中有黑者，谓之茭郁，后结实，谓之雕胡米。《西京杂记》："太液池边皆是雕胡。"沉云黑者，谓菰米之多，一望黯黯如云之黑。
⑥ 韩愈《曲江荷花行》诗注：昆明池周围四十里，芙蓉之盛，如云锦也。
⑦ 言江湖虽广，无地可归，徒若渔翁之飘泊。
⑧ 昆明御宿，乃适渼陂所经。（参看前《渼陂行》注。）
⑨ 《长安志》：终南山有紫阁峰。
⑩ 即指《渼陂行》诸篇；谓山水之气象，笔足凌之也。

闷扫除。杖藜还客拜,爱竹遣儿书①。十月江平稳,轻舟进所如。

江汉

江汉思归客,乾坤一腐儒。片云天共远,永夜月同孤。落日心犹壮,秋风病欲苏。古来存老马,不必取长途。

壮游

往昔十四五,出游翰墨场。斯文崔魏徒②,以我似班扬③。七龄思即壮,开口咏凤凰。九龄书大字,有作成一囊。性豪业嗜酒,嫉恶怀刚肠。脱略小时辈,结交皆老苍。饮酣视八极,俗物都茫茫。东下姑苏台④,已具浮海航。到今有遗恨,不得穷扶桑。

---

① 遣儿书,谓遣儿题字竹上。
② 原注:"崔郑州尚,魏豫州启心。"
③ 班扬,谓班固、扬雄。
④ 姑苏台在今江苏苏州市吴中区西南姑苏山上,相传为吴王夫差所造,或曰阖庐所筑。

王谢风流远①,阖庐丘墓荒②。剑池石壁仄③,长洲荷芰香④。嵯峨阊门北⑤,清庙映回塘⑥。每趋吴太伯,抚事泪浪浪。枕戈忆勾践⑦,渡浙想秦皇⑧。蒸鱼闻匕首⑨,除道哂要章⑩。越女天下白⑪,鉴湖五月凉⑫。剡溪蕴秀异⑬,欲罢不能忘。归帆拂天姥⑭,中岁贡旧乡⑮。气劘

---

① 王、谢,为六朝望族。
② 《越绝书》:阖庐冢在吴县阊门外。葬之日,白虎踞其上,号曰虎丘。
③ 《明一统志》:剑池在虎丘山上。
④ 《吴郡图经》:长洲苑在吴县西南七十里。
⑤ 《吴越春秋》:"阖闾(即阖庐)欲西破楚,楚在西北,故立阊门以通天气,因复名之破楚门。"今苏州有阊门。
⑥ 清庙,指吴太伯庙,《吴郡志》云在阊门外,东汉太守糜豹所建。
⑦ 勾践,春秋末年越国国君,卧薪尝胆,灭吴称霸。
⑧ 《史记·秦始皇本纪》:秦始皇临浙江,水波恶,乃西百二十里从狭中渡,上会稽,祭大禹,望于南海,立石刻颂秦德。
⑨ 《史记·刺客列传》:吴公子光具酒请王僚,使专诸置匕首鱼腹中进之,以刺王僚,僚死,光自立为阖庐。
⑩ 《汉书·朱买臣传》:"会稽闻太守且至,发民除道,县吏并送迎,车百余乘。入吴界,见其故妻,妻夫治道。"要章,同"腰章",指会稽太守章。
⑪ 李白《浣纱石上女》诗:"玉面耶溪女。"
⑫ 鉴湖,在今浙江绍兴市。
⑬ 剡溪,即浙江曹娥溪之上流。
⑭ 天姥山在今浙江新昌县东五十里,东接天台山。
⑮ 旧乡,指东京。

屈贾垒①,目短曹刘墙②。忤下考功第③,独辞京尹堂④。放荡齐赵间,裘马颇清狂⑤。春歌丛台上⑥,冬猎青丘旁⑦。呼鹰皂枥林⑧,逐兽云雪冈⑨。射飞曾纵鞚,引臂落鹙鸧⑩。苏侯据鞍喜⑪,忽如携葛强⑫。快意八九年,西归到咸阳。许与必词伯⑬,赏游实贤王⑭。曳裾置醴地,奏赋入明光⑮。天子废食召,群公会轩裳⑯。脱身

---

① 谓欲与屈原、贾生相敌。
② 谓轻视曹植、刘桢。
③ 考功,唐初贡举,由考功员外郎主之。
④ 京尹,即指考功。
⑤ 公少游齐赵,与李邕、高适、李白等相遇。
⑥ 丛台本六国时赵王故台,在今河北邯郸市。
⑦ 青丘,在今山东高青县高城镇北,春秋时齐景公田于此。
⑧ 皂枥林,齐地。
⑨ 云雪冈,亦齐地。
⑩ 鹙鸧,见《乾元中寓居同谷县作歌七首》注。
⑪ 原注:"监门胄曹苏预。"按:即苏源明。
⑫ 《晋书·山简传》:"举鞭向葛强,何如并州儿?"葛强,山简爱将。公与苏同猎,故以葛强自比。
⑬ 词伯,指岑参、郑虔辈。
⑭ 贤王,指汝阳王琎。
⑮ 见《三绝句》注。
⑯ 会轩裳,谓车服之盛。

无所爱①，痛饮信行藏②。黑貂不免弊③，斑鬓兀称觞。杜曲换耆旧，四郊多白杨④。坐深乡党敬，日觉死生忙。朱门务倾夺，赤族迭罹殃⑤。国马竭粟豆，官鸡输稻粱⑥。举隅见烦费，引古惜兴亡。河朔风尘起⑦，岷山行幸长⑧。两宫各警跸，万里遥相望⑨。崆峒杀气黑⑩，少海旌旗黄⑪。禹功亦命子⑫，涿鹿亲戎行⑬。翠华

---

① 谓授河西尉不拜。
② 信，任；谓得失任之于命。《论语·述而》："用之则行，舍之则藏。"
③ 《战国策》："（苏秦）说秦王，书十上而说不行，黑貂之裘弊。"
④ 二句并慨老成凋谢。
⑤ 扬雄《解嘲》："客徒欲朱丹吾毂，不知一跌将赤吾之族也。"此谓李林甫、杨国忠辈倾陷朝士。
⑥ 国马，指明皇所养之舞马。官鸡，指斗鸡。《明皇杂录》：教舞马四百蹄，各有名称。《东城父老传》："玄宗即位，治鸡坊于两室间，选六军小儿五百人使驯扰教饲。"
⑦ 指安禄山起兵。
⑧ 指玄宗幸蜀。
⑨ 谓玄宗、肃宗父子异地。
⑩ 谓肃宗至平凉收兵兴复。
⑪ 旌旗黄，谓肃宗即位于灵武。《海录碎事》："天子比大海，太子比少海。"
⑫ 谓肃宗命子亲征。
⑬ 昔黄帝与蚩尤战于涿鹿之野，此以蚩尤比禄山。谓肃宗以广平王俶为天下兵马元帅。

拥吴岳①,螭虎啖豺狼②。爪牙一不中③,胡兵更陆梁④。大军载草草,凋瘵满膏肓⑤。备员窃补衮⑥,忧愤心飞扬。上感九庙焚⑦,下悯万民疮。斯时伏青蒲⑧,廷争守御床。君辱敢爱死?赫怒幸无伤⑨。圣哲体仁恕,宇县复小康⑩。哭庙灰烬中,鼻酸朝未央。小臣议论绝,老病客殊方。郁郁苦不展,羽翮困低昂。秋风动哀壑,碧蕙捐微芳。之推避赏从⑪,渔父濯沧浪⑫。

---

① 谓肃宗至凤翔。吴岳,在今陕西陇县西南,与凤翔邻近。
② 螭虎,比王师。豺狼,比禄山之众。螭,chī,属龙。
③ 一不中,谓房琯陈涛斜之败。
④ 陆梁,跳跃貌。张衡《西京赋》:"怪兽陆梁。"
⑤ 载草草,谓郭子仪清沟之败。凋瘵,民力困疲。
⑥ 公时谒上凤翔,拜左拾遗。
⑦ 谓两京失陷。
⑧ 《汉书·史丹传》:"丹以亲密臣得侍视疾,候上间独寝时,丹直入卧内,顿首伏青蒲上。"注:"以蒲青为席,用蔽地也。"
⑨ 《新唐书·杜甫传》:房琯以败陈涛斜罢相,"甫上疏言:'罪细,不宜免大臣。'帝怒,诏三司杂问。宰相张镐曰:'甫若抵罪,绝言者路。'帝乃解"。
⑩ 谓收京以后。
⑪ 之推,介之推,春秋时人。从晋文公出亡,凡十九年。及归,赏从亡者,之推隐于绵上。
⑫ 《史记·屈原列传》:渔父鼓枻而去,歌曰:"沧浪之水清兮,可以濯我缨;沧浪之水浊兮,可以濯我足。"

荣华敌勋业，岁暮有严霜①。吾观鸱夷子②，才格出寻常。群凶逆未定，侧伫英俊翔③。

遣怀

昔我游宋中④，惟梁孝王都⑤。名今陈留亚⑥，剧则贝魏俱⑦。邑中九万家，高栋照通衢。舟车半天下，主客多欢娱。白刃仇不义，黄金倾有无。杀人红尘里，报答在斯须。忆与高李辈⑧，论交入酒垆。两公壮藻思，得我色敷腴⑨。气酣登吹台，怀古视平芜⑩。

---

① 言若荣华胜于勋业，则岁暮严霜一至，终必凋落。
② 鸱夷子，范蠡。蠡事越王灭吴，遂泛五湖，不复仕。
③ 伫，期待，言此时群凶未靖，尚待英俊之士出而平定。
④ 宋中，旧河南归德府，今商丘市为其故治，即古宋国地。
⑤ 梁孝王都，汉梁孝王城睢阳，商丘市睢阳区即睢阳地。
⑥ 陈留，唐郡，属汴州，今属河南开封市。《史记·郦食其传》："陈留，天下之冲，四通五达之郊也。"
⑦ 剧，烦剧。贝州，今河北清河县。魏州，今河北大名县。唐时两州俱属河南道。
⑧ 高李，高适、李白。
⑨ 色敷腴，言畅悦。古乐府《陇西行》："颜色正敷腴。"
⑩ 《新唐书·杜甫传》："尝从（李）白及高适过汴州，酒酣登吹台，慷慨怀古，人莫测也。"吹台在今河南开封县东南。

芒砀云一去①,雁鹜空相呼②。先帝正好武③,寰海未凋枯。猛将收西域④,长戟破林胡⑤。百万攻一城,献捷不云输⑥。组练弃如泥,尺土负百夫⑦。拓境功未已,元和辞大炉⑧。乱离朋友尽,合沓岁月徂。吾衰将焉托?存没再呜呼⑨。萧条益堪愧,独在天一隅。乘黄已去矣,凡马徒区区⑩。不复见颜鲍⑪,系舟卧荆巫。临飧吐更食,常恐违抚孤⑫。

缚鸡行

小奴缚鸡向市卖,鸡被缚急相喧争。家中厌鸡

---

① 芒、砀,二山,在安徽砀山县东南。《汉书·高帝纪》:"高祖隐于芒砀山泽间,……所居上常有云气。"
② 雁鹜,《西京杂记》:梁孝王兔园有雁池,池有鹤洲,凫渚。
③ 先帝,谓玄宗。
④ 西域,谓吐蕃。猛将,谓王嗣忠、哥舒翰辈。
⑤ 林胡,谓契丹。《资治通鉴》注:"契丹,即战国时林胡地。"玄宗时,张守珪、安禄山辈先后攻契丹。
⑥ 言其蒙蔽邀功,虽败而不报。
⑦ 负,作辜负之负,言欲争一尺之土,而徒丧百夫之命也。
⑧ 言天地间失其元和之气。《庄子·大宗师》:"以天地为大炉。"
⑨ 李以宝应元年,高以永泰元年,先后殁。
⑩ 乘黄(见《韦讽录事宅观曹将军画马图》注)比李、高,凡马自况。
⑪ 颜鲍,颜延之、鲍照。
⑫ 言所以努力加餐者,恐违抚孤之志。

食虫蚁,不知鸡卖还遭烹。虫鸡于人何厚薄?吾叱奴人解其缚。鸡虫得失无了时,注目寒江倚山阁。

立春

春日春盘细生菜①,忽忆两京梅发时。盘出高门行白玉②,菜传纤手送青丝③。巫峡寒江那对眼?杜陵远客不胜悲。此身未知归定处,呼儿觅纸一题诗。

王十五前阁会

楚岸收新雨,春台引细风。情人来石上,鲜鲙出江中。邻舍烦书札,肩舆强老翁。病身虚俊味④,何幸饫儿童。

崔评事弟许相迎不到应虑老夫见泥雨怯出必愆佳期走笔戏简

江阁要宾许马迎,午时起坐自天明。浮云不负

---

① 《四时宝镜》:"立春日,春饼、生菜,号春盘。"注:"生菜,韭也。"
② 高门,通指富贵之家。
③ 青丝,即指韭菜。
④ 俊味,美味。陆云《答车茂安书》:"东海之俊味,肴膳之至妙也。"

青春色,细雨何孤白帝城?身过花间沾湿好,醉于马上往来轻。虚疑皓首冲泥怯,实少银鞍傍险行。

愁①

江草日日唤愁生,巫峡泠泠非世情。盘涡鹭浴底心性?独树花发自分明。十年戎马暗万国,异域宾客老孤城。渭水秦山得见否?人今罢病虎纵横②。

昼梦

二月饶睡昏昏然,不独夜短昼分眠。桃花气暖眼自醉,春渚日落梦相牵。故乡门巷荆棘底,中原君臣豺虎边。安得务农息战斗,普天无吏横索钱?

即事

暮春三月巫峡长,晶晶行云浮日光③。雷声忽送

---

① 原注:"强戏为吴体。"
② 虎纵横,谓暴敛。时京兆用什一税法,民多流亡。
③ 晶,xiǎo。晶晶,明白之义。

千峰雨，花气浑如百和香①。黄莺过水翻回去②，燕子衔泥湿不妨。飞阁卷帘图画里，虚无只少对潇湘。

熟食日示宗文宗武③

消渴游江汉，羁栖尚甲兵。几年逢熟食，万里逼清明④。松柏邛山路⑤，风花白帝城。汝曹催我老，回首泪纵横。

又示两儿

令节成吾老，他时见汝心⑥。浮生看物变，为恨与年深。长葛书难得，江州涕不禁⑦。团圆思弟妹，行坐白头吟。

---

① 吴均《行路难》诗："博山炉中百和香。"即百合香。
② 翻回去，畏雨故也。
③ 熟食日，秦人呼寒食为熟食节，以禁烟火预办熟物食之。
④ 寒食在清明前二日。
⑤ 邛山在今河南偃师市北二里，作者先茔在洛，故有此句。
⑥ 他时，谓身后。见汝心，谓见汝思亲之心。
⑦ 长葛，唐属许州，今河南长葛市。江州，唐时治浔阳，今江西九江市。两地当是作者弟、妹所在。

得舍弟观书自中都已达江陵今兹暮春月末行李合到夔州悲喜相兼团圆可待赋诗即事情见乎词①

尔到江陵府,何时到峡州?乱离生有别,聚集病应瘳。飒飒开啼眼,朝朝上水楼。老身须付托,白骨更何忧?

喜观即到复题短篇二首

巫峡千山暗,终南万里春。病中吾见弟,书到汝为人②。意答儿童问③,来经战伐新④。泊船悲喜后,款款话归秦。

待尔嗔乌鹊,抛书示鹡鸰⑤。枝间喜不去,原上急曾经。江阁嫌津柳⑥,风帆数驿亭。应论十年事,愁绝始星星⑦。

---

① 中都,即中京。至德二载,以西京为中京。
② 言书到始知汝尚在人世。
③ 开书时想其子在侧。
④ 是年郭子仪讨周智光,命大将浑瑊、李怀光军渭上。
⑤ 《诗·小雅·常棣》:"脊令在原,兄弟急难。"校订者按:鹡鸰,又作"脊令"。
⑥ 嫌其遮望眼也。
⑦ 星星,头发花白貌。谢灵运《游南亭》诗:"星星白发垂。"

返照

楚王宫北正黄昏,白帝城西过雨痕。返照入江翻石壁,归云拥树失山村。衰年肺病唯高枕,绝塞愁时早闭门。不可久留豺虎乱,南方实有未招魂。

月三首

断续巫山雨,天河此夜新。若无青嶂月,愁杀白头人。魍魉移深树,虾蟆动半轮[①]。故园当北斗,直指照西秦。

并照巫山出,新窥楚水清。羁栖愁里见,二十四回明。必验升沉体,如知进退情。不违银汉落,亦伴玉绳横[②]。

万里瞿塘月,春来六上弦。时时开暗室,故故满青天。爽合风襟静,高当泪脸悬。南飞有乌鹊[③],夜久落江边。

---

① 虾蟆,即蟾蜍,这里代指月亮。《五经通义》:"月中有兔与蟾蜍。"
② 玉绳,星名,凡两星,在玉衡之北。
③ 魏武帝《短歌行》诗:"月明星稀,乌鹊南飞。"

杜甫诗

醉为马坠诸公携酒相看

甫也诸侯老宾客,罢酒酣歌拓金戟①。骑马忽忆少年时②,散蹄迸落瞿塘石。白帝城门水云外,低身直下八千尺。粉堞电转紫游缰,东得平冈出天壁。江村野堂争入眼,垂鞭嚲鞚凌紫陌③。向来皓首惊万人,自倚红颜能骑射。安知决臆追风足④,朱汗骖驔犹喷玉⑤。不虞一蹶终损伤,人生快意多所辱。职当忧戚伏衾枕,况乃迟暮加烦促。朋知来问腆我颜,杖藜强起依僮仆。语尽还成开口笑⑥,提携别扫清溪曲。酒肉如山又一时,初筵哀丝动豪竹。共指西日不相贷⑦,喧呼且覆杯中渌。何必走马来为问?君不

---

① 庾信诗:"醉来拓金戟。"校订者按:不见于今人辑佚。
② 谓忘己之老。
③ 嚲,duǒ,下垂貌。
④ 决臆,纵意。
⑤ 骖驔,cāndiàn,马奔。卢照邻《战城南》诗:"铁骑晓骖驔。"喷玉,言马势之雄猛。
⑥ 《庄子·盗跖》:"开口而笑者,一月之中不过四五日而已。"
⑦ 不相贷,犹言不可留。

见？嵇康养生遭杀戮①。

过客相寻

穷老真无事，江山已定居。地幽忘盥栉，客至罢琴书。挂壁移筐果，呼儿问煮鱼。时闻系舟楫，及此问吾庐。

归

束带还骑马，东西却渡船。林中才有地，峡外绝无天。虚白高人静，喧卑俗累牵。他乡悦迟暮，不敢废诗篇。

暇日小园散病将种秋菜督勒耕牛兼书触目

不爱入州府，畏人嫌我真。及乎归茅宇，旁舍未曾嗔。老病忌拘束，应接丧精神。江村意自放，林木心所欣。秋耕属地湿，山雨近甚匀。冬菁饭之半②，牛力晚来新。深耕种数亩，未甚后四邻。嘉蔬

---

① 嵇康著《养生论》，后刑东市。言祸患之来，亦有以安居无事而得者，不必定以此为戒。
② 冬菁，即芜菁，蔬类植物，蜀人谓之诸葛菜。饭之半，言佐饭牛之半。

既不一,名数颇具陈。荆巫非苦寒,采撷接青春。飞来两白鹤,暮啄泥中芹。雄者左翮垂,损伤已露筋。一步再流血,尚惊矰缴勤。三步六号叫,志屈悲哀频。鸾凰不相待,侧颈诉高旻。杖藜俯沙渚,为汝鼻酸辛。

秋风二首

秋风淅淅吹巫山,上牢下牢修水关。吴樯楚柂牵百丈,暖向成都寒未还。要路何日罢长戟?战自青羌连白蛮。中巴不曾消息好,暝传戍鼓长云间。

秋风淅淅吹我衣,东流之外西日微。天清小城捣练急,石古细路行人稀。不知明月为谁好,早晚孤帆他夜归。会将白发倚庭树,故园池台今是非?

见萤火

巫山秋夜萤火飞,帘疏巧入坐人衣[①]。忽惊屋里琴书冷,复乱檐边星宿稀。却绕井栏添个个,偶经花蕊弄辉辉。沧江白发愁看汝,来岁如今归未归?

---

① 坐人衣,谓坐人之衣。坐,形容词。

登高

风急天高猿啸哀,渚清沙白鸟飞回。无边落木萧萧下,不尽长江滚滚来。万里悲秋常作客,百年多病独登台。艰难苦恨繁霜鬓,潦倒新停浊酒杯。

锦树行

今日苦短昨日休,岁云暮矣增离忧。霜凋碧树作锦树①,万壑东逝无停留。荒戍之城石色古,东郭老人住青丘②。飞书白帝营斗粟,琴瑟几杖柴门幽。青草萋萋尽枯死,天马跛足随牦牛③。自古圣贤多薄命,奸雄恶少皆封侯。故国三年一消息,终南渭水寒悠悠。五陵豪贵反颠倒,乡里小儿狐白裘。生男堕地要膂力,一生富贵倾邦国。莫愁父母少黄金,天下风尘儿亦得④。

---

① 谓树斑驳如锦。
② 《史记·滑稽列传》:东郭先生,齐人。青丘,齐地。公所居在夔州东郭,故以东郭先生自拟。
③ 牦牛,黑牛。
④ 贵妃时民间语曰:"生男勿喜女勿悲,君看生女作门楣。"此正翻其意:言当风尘之时,但有膂力,即生男亦好也。

杜甫诗

写怀二首

劳生共乾坤,何处异风俗^①?冉冉自趋竞,行行见羁束。无贵贱不悲,无富贫亦足^②。万古一骸骨,邻家递歌哭。鄙夫到巫峡,三岁如转烛^③。全命甘留滞,忘情任荣辱。朝班及暮齿,日给还脱粟^④。编蓬石城东^⑤,采药山北谷。用心霜雪间,不必条蔓绿^⑥。非关故安排,曾是顺幽独。达士如弦直,小人似钩曲^⑦。曲直我不知,负暄候樵牧。

夜深坐南轩,明月照我膝。惊风翻河汉,梁栋日已出。群生各一宿,飞动自侪匹。吾亦驱其儿,营营为私实^⑧。天寒行旅稀,岁暮日月疾。荣名忽

---

① 言举世皆然。
② 阮籍《大人先生传》:"无贵则贱者不怨,无富则贫者不争:各足于身而无所求也。"
③ 公以永泰元年到云安,至大历二年为三岁。
④ 言日用有时不继。
⑤ 石城,即夔州城。东方朔《非有先生论》:"居深山之间,积土为室,编蓬为户。"
⑥ 言守岁寒而不慕荣利。
⑦ 东汉顺帝末京师童谣云:"直如弦,死道边;曲如钩,封公侯。"
⑧ 私实,私财。《国语·楚语》:"蓄聚积实。"注:"实,财也。"

中人①,世乱如虮虱。古者三皇前,满腹志愿毕。胡为有结绳,陷此胶与漆②?祸首燧人氏③,厉阶董狐笔④。君看灯烛张,转使飞蛾密。放神八极外,俯仰俱萧瑟⑤。终然契真如⑥,得匪金仙术⑦。

可叹

天上浮云如白衣,斯须改变如苍狗⑧。古往今来共一时,人生万事无不有。近者抉眼去其夫⑨,河东女儿身姓柳。丈夫正色动引经,酆城客子王季友⑩。群书万卷常暗诵,《孝经》一通看在手⑪。贫穷老瘦

---

① 中,zhōng。
② 《庄子·骈拇》:"待绳约胶漆而固者,是侵其德也。"
③ 燧人氏始作烹饪。
④ 董狐,春秋晋之史官。
⑤ 言万境皆空。
⑥ 佛家语谓永世不变之真理为真如。
⑦ 《释典》:佛号大觉金仙。
⑧ 苍狗,云色如狗状。
⑨ 言不喜其夫,如抉眼中之物而去之。
⑩ 酆城,今江西丰城市。王季友,肃、代间诗人。
⑪ 《孝经》,相传孔子为曾子陈孝道而作。

家卖屐①,好事就之为携酒。豫章太守高帝孙②,引为宾客敬颇久。闻道三年未曾语③,小心恐惧闭其口。太守得之更不疑,人生反覆看亦丑。明月无瑕岂容易?紫气郁郁犹冲斗④。时危可仗真豪俊,二人得置君侧否?太守顷者领山南⑤,邦人思之比父母。王生早曾拜颜色⑥,高山之外皆培塿⑦。用为羲和天为成⑧,用平水土地为厚。王也论道阻江湖,李也丞疑旷前后⑨。死为星辰终不灭,致君尧舜焉肯朽?吾辈碌碌

---

① 东汉刘勤家贫,作屐供食。尝作一屐,已断,置不卖,妻窃以易米。勤知之,责妻欺取直,弃不食。
② 高帝孙,李勉,勉历河南尹,徙洪州刺史。豫章属洪州,即今南昌。《新唐书·高祖诸子传》:郑惠王元懿生安德郡公琳,琳生择言,择言生勉。
③ 谓未语及妇弃事。
④ 紫气,酆城剑。季友酆城人,故用之。四句言季友之贤为太守所信,乃至见弃于妻。此事之反覆而可丑者,然其才则如珠光剑器,岂得而掩没之哉?
⑤ 肃宗宝应初,勉为山南西道观察使。
⑥ 言己与王生相遇之早。
⑦ 培塿,pǒulóu,小山。
⑧ 羲和,唐虞掌天地四时之官。
⑨ 丞疑,《尚书大传》:"古者天子必有四邻:前曰疑,后曰丞,左曰辅,右曰弼。"

饱饭行,风后力牧长回首[1]。

观公孙大娘弟子舞剑器行 并序

大历二年十月十九日,夔府别驾元持宅见临颍[2]李十二娘舞《剑器》[3],壮其蔚跂[4],问其所师,曰:"余公孙大娘弟子也。"开元三载,余尚童稚,记于郾城[5]观公孙氏舞《剑器》《浑脱》[6],浏漓顿挫,独出冠时。自高头宜春、梨园二伎坊内人,洎外供奉[7],晓是舞者,圣文神武皇帝[8]初,公孙

---

[1] 《帝王世纪》:"(黄帝)得风后于海隅,登以为相;得力牧于大泽,用以为将。"
[2] 临颍,今河南临颍县。
[3] 《剑器》,舞曲名;《札朴》:以彩帛结两头,双手持之而舞。
[4] 蔚,文也。跂,壮也。
[5] 郾城,即今河南漯河市郾城区。
[6] 《浑脱》,亦舞曲名。《明皇杂录》:公孙大娘能为《邻里曲》,及《裴将军》《满堂势》《西河》《剑器》《浑脱》舞,研妙皆冠绝于时。
[7] 伎坊,即教坊。《教坊记》:"右教坊在光宅坊,左教坊在延政坊;右多善歌,左多工舞。……妓女入宜春院,谓之内人,亦曰前头人,常在上前也。"按:高头疑即前头之谓。外供奉,即不在宜春院内之舞女。又《雍录》:"开元二年,置教坊于蓬莱宫,上自教法曲,谓之梨园弟子。"
[8] 圣文神武皇帝,谓明皇。

一人而已。玉貌锦衣,况余白首①?今兹弟子,亦匪盛颜。既辨其由来,知波澜莫二;抚事慷慨,聊为《剑器行》。往者吴人张旭善草书书帖,数常于邺县见公孙大娘舞《西河》《剑器》,自此草书长进②,豪荡感激,即公孙可知矣。

昔有佳人公孙氏,一舞剑器动四方。观者如山色沮丧,天地为之久低昂。㸌如羿射九日落③,矫如群帝骖龙翔④。来如雷霆收震怒⑤,罢如江海凝清光。绛唇珠袖两寂寞,晚有弟子传芬芳。临颍美人在白帝,妙舞此曲神扬扬。与余问答既有以,感时抚事增惋伤。先帝侍女八千人,公孙剑器初第一。五十

---

① 言公孙玉貌锦衣尚归寂寞,何况己年之易老乎?
② 《唐国史补》:"旭言:'始吾见公主担夫争路而得笔法之意,后见公孙氏舞《剑器》而得其神。'"
③ 㸌,huò,光耀。《淮南子·本经训》:尧时十日并出,尧令羿射中九日,日乌皆死,坠其羽翼。
④ 夏侯玄赋:"又如东方群帝兮腾龙驾而翺翔。"校订者按:不见于今人辑佚。
⑤ 收震怒,谓其犹殷殷有声也。

年间似反掌,风尘澒洞昏王室。梨园子弟散如烟,女乐余姿映寒日。金粟堆南木已拱,瞿唐石城草萧瑟。玳筵急管曲复终,乐极哀来月东出。老夫不知其所往,足茧荒山转愁疾①。

冬至

年年至日长为客,忽忽穷愁泥杀人②。江上形容吾独老,天边风俗自相亲。杖藜雪后临丹壑,鸣玉朝来散紫宸。心折此时无一寸,路迷何处见三秦?

大历三年春白帝城放船出瞿唐峡久居夔府将适江陵漂泊有诗凡四十韵

老向巴人里,今辞楚塞隅。入舟翻不乐,解缆独长吁。窄转深啼狖,虚随乱浴凫。石苔凌几杖,空翠扑肌肤。叠壁排霜剑,奔泉溅水珠。杳冥藤上下,浓淡树荣枯。神女峰娟妙③,昭君宅有无④。曲留

---

① 茧,足胝。《战国策》:"(苏子)足重茧,日百而舍。"
② 泥,滞;言滞于客而不能归。
③ 《入蜀记》:神女峰在巫山上。
④ 昭君宅,见《负薪行》注。

明怨惜①,梦尽失欢娱②。摆阖盘涡沸③,欹斜激浪输。风雷缠地脉,冰雪耀天衢。鹿角真走险,狼头如跋胡④。恶滩宁变色?高卧负微躯⑤。书史全倾挠,装囊半压濡。生涯临皋兀⑥,死地脱斯须。不有平川决,焉知众壑趋⑦?乾坤霾涨海,雨露洗春芜。鸥鸟牵丝飏⑧,骊龙濯锦纡。落霞沉绿绮,残月坏金枢⑨。泥笋苞初荻,沙茸出小蒲⑩。雁儿争水马⑪,燕子逐樯乌⑫。绝岛容烟雾,环洲纳晓晡⑬。前闻辨陶牧⑭,转

---

① 乐府有《昭君怨》曲。
② 宋玉《神女赋序》:"寐而梦之,寤不自识;罔兮不乐,怅然失志。"
③ 摆阖,谓摆荡开阖。
④ 原注:"鹿角、狼头,二滩名。"《明一统志》:鹿角、狼尾、虎头三滩,在夷陵州,最险。按:夷陵州在今湖北宜昌市境。《诗·豳风·狼跋》:"狼跋其胡。"注:跋,蹋也;胡,颔下垂肉。
⑤ 负,自负之负。
⑥ 臬兀,不安。
⑦ 江水出峡,其川始平,方知为众流所趋。
⑧ 牵丝飏,言鸥羽如丝之白。
⑨ 谓月将西没而无光。
⑩ 谢灵运《于南山往北山经湖中瞻眺》诗:"新蒲含紫茸。"茸,谓蒲花。
⑪ 水马,即水黾,虫名,体黑褐色,狭细,常群集水面。
⑫ 樯乌,船樯上刻为乌形以占风者。
⑬ 晓晡,犹言朝夕,言地皆高山,故平川早晚亦多烟雾。
⑭ 陶,乡名,即陶朱公之故里,在江陵县西。牧,郊外。

昈拂宜都①。县郭南畿好②,津亭北望孤③。劳心依憩息,朗咏划昭苏④。意遣乐还笑,衰迷贤与愚⑤。飘萧将素发,汩没听洪炉。丘壑曾忘返,文章敢自诬?此生遭圣代,谁分哭穷途?卧疾淹为客,蒙恩早厕儒。廷争酬造化⑥,朴直乞江湖。滟滪险相迫,沧浪深可逾。浮名寻已已⑦,懒计却区区。喜近天皇寺⑧,先披古画图。应经帝子渚⑨,同泣舜苍梧⑩。朝士兼戎服,君王按湛卢⑪。旄头初俶扰⑫,鹑首丽泥涂⑬。甲卒

---

① 宜都,唐属峡州,即今湖北宜都市。
② 原注:"路入松滋县。"按:松滋县旧属荆州,即唐之江陵府。肃宗以江陵府为南都,故曰南畿。
③ 津亭,即江津口,在宜昌。
④ 昭苏,言脱险。
⑤ 谓年衰不辨贤愚。
⑥ 谓疏救房琯。
⑦ 谓严武奏除员外郎。
⑧ 天皇寺,原注:"此寺有晋王右军书、张僧繇画孔子及颜子十哲形像。"按:天皇寺在荆州。
⑨ 帝子,谓尧女舜妃娥皇、女英。二女随舜不及,没于湘水之渚,因名帝子渚。
⑩ 舜葬于苍梧之野,地在荆州南。
⑪ 湛卢,剑名。《吴越春秋》:越王允常使欧冶作名剑五,一曰湛卢。
⑫ 旄头,胡星。
⑬ 鹑首,星名,秦之分野,属雍州。

身虽贵①,书生道固殊②。出尘皆野鹤③,历块匪辕驹④。伊吕终难降⑤,韩彭不易呼⑥。五云高太甲⑦,六月旷抟扶⑧。回首黎元病⑨,争权将帅诛⑩。山林托疲苶,未必免崎岖⑪。

书堂饮既夜复邀李尚书下马月下赋绝句

湖水林风相与清,残尊下马复同倾。久拚野鹤如霜鬓,遮莫邻鸡下五更⑫。

---

① 甲卒,指崔旰,旰初客剑南,以步卒事鲜于仲通。
② 言耻与若辈同列。
③ 《世说新语·容止》:"嵇延祖卓卓如野鹤之在鸡群。"
④ 言奔骤形如辕上之马。
⑤ 伊吕,谓伊尹、吕望。终难降,谓不能降服。旧说谓指宰相杜鸿渐不能讨降崔旰。
⑥ 韩彭,谓韩信、彭越。旧说谓比崔旰。
⑦ 太甲,星名。五云,即卿云五色之意。言回望帝庭,如五云太甲,渺然天际。
⑧ 《庄子·逍遥游》:"鹏之徙于南冥也,水击三千里,抟扶摇而上者九万里,去以六月息者也。"注:"抟,飞而上也。……上行风谓之扶摇。"此言己唯效鹏抟南徙,为长往之计而已。
⑨ 言巴蜀困于用兵。
⑩ 谓崔旰、杨子林辈自相诛讨。
⑪ 言己虽身在山林,亦仍不免崎岖之苦。
⑫ 遮莫,俚语,犹言尽教也。

夜闻觱篥①

夜闻觱篥沧江上，衰年侧耳情所向。邻舟一听多感伤，塞曲三更欻悲壮。积雪飞霜此夜寒，孤灯急管复风湍。君知天地干戈满，不见江湖行路难。

岁晏行

岁云暮矣多北风，潇湘洞庭白雪中。渔父天寒网罟冻，莫徭射雁鸣桑弓②。去年米贵阙军食，今年米贱大伤农。高马达官厌酒肉，此辈杼轴茅茨空。楚人重鱼不重鸟③，汝休枉杀南飞鸿。况闻处处鬻男女，割慈忍爱还租庸④。往日用钱捉私铸，今许铅锡和青铜⑤。刻泥为之最易得⑥，好恶不合长相蒙。万国

---

① 觱篥，bìlì，乐器名，出于胡中，似笳，其声悲。
② 《隋书·地理志》："长沙郡又杂有夷蜑，名曰莫徭，自云其先祖有功常免徭役，故以为名。"《礼记》："桑弧蓬矢，六射天地四方。"
③ 《风俗通》："吴楚之人嗜鱼盐，不重禽兽之肉。"
④ 《新唐书·食货志》：凡授田者，丁岁纳粟稻，谓之租；不役者，日为绢三尺谓之庸。
⑤ 《旧唐书·食货志》：天宝以后，富商奸人渐收好钱，潜往江淮之南，每钱货得私铸恶者五文，假托私用，鹅眼、铁锡、古文绽环之类，每贯重不过三四斤。
⑥ 刻泥为之，以泥为钱模。

城头吹画角，此曲哀怨何时终？

蚕谷行

天下郡国向万城，无有一城无甲兵。焉得铸甲作农器，一寸荒田牛得耕。牛尽耕，蚕亦成，不劳烈士泪滂沱，男谷女丝行复歌。

清明

著处繁花矜是日，长沙千人万人出。渡头翠柳艳明眉，争道朱蹄骄啮膝①。此都好游湘西寺，诸将亦自军中至。马援征行在眼前，葛强亲近同心事。金镫下山红粉晚②，牙樯捩柂青楼远。古时丧乱皆可知，人世悲欢暂相遣。弟侄虽存不得书，干戈未息苦离居。逢迎少壮非吾道，况乃今朝更祓除③。

---

① 王褒《圣主得贤臣颂》："及至驾啮膝，骖乘旦。"注："马怒有余气，常啮膝而行。"
② 金镫，同"金灯"。
③ 祓除，言祓除不祥。《周礼》："女巫掌岁时祓除衅浴。"注："如今三月上巳如水上之类。"此日清明，当正值上巳节，故用此典。

杜甫诗

风雨看舟前落花戏为新句

　　江上人家桃树枝，春寒细雨出疏篱。影遭碧水潜勾引，风妒红花却倒吹。吹花困癫傍舟楫，水光风力俱相怯①。赤憎轻薄遮人怀②，珍重分明不来接③。湿久飞迟半日高，萦沙惹草细于毛。蜜蜂蝴蝶生情性，偷眼蜻蜓避伯劳④。

---

① 言既怯勾引，又怯风吹。
② 赤憎，犹云生憎。
③ 言恐以遮人怀可憎，故远飞不欲与人相接。
④ 伯劳，恶鸟，故众鸟畏之，性好独。

图书在版编目（CIP）数据

杜甫诗/傅东华选注；董婧宸校订.—北京：商务印书馆，2019
（学生国学丛书新编/王宁主编）
ISBN 978-7-100-16891-5

Ⅰ.①杜… Ⅱ.①傅… ②董… Ⅲ.①杜诗—诗集 Ⅳ.① I222.742

中国版本图书馆 CIP 数据核字（2018）第 268369 号

权利保留，侵权必究。

学生国学丛书新编

杜甫诗

傅东华　选注
董婧宸　校订

商 务 印 书 馆 出 版
（北京王府井大街36号　邮政编码100710）
商 务 印 书 馆 发 行
北京通州皇家印刷厂印刷
ISBN 978 - 7 - 100 - 16891 - 5

2019年3月第1版　　开本 787×1092　1/32
2019年3月北京第1次印刷　印张 8
定价：29.00元